TerreSombres

Une collection dirigée par Laure Buisson

Christian Authier, *L'Ouverture des hostilités*, 2022
Gwenaële Robert, *Le Dernier des écrivains,* 2022

Christian Authier

L'OUVERTURE DES HOSTILITÉS

Roman

Les Presses de la Cité TerreSombres

92, avenue de France – 75013 Paris
ISBN 978-2-258-19703-9
Dépôt légal : mai 2022

1

Toulouse, place Saint-Sernin
14 mars 1993, 14 h 32

Frédéric Berthet fumait cigarette sur cigarette en buvant le café au goût de brûlé du Saint-Sernin. Ce mauvais café avait accompagné ses années lycéennes puis étudiantes, quand le bar de la place sur laquelle trônait une majestueuse cathédrale du Moyen Âge était le point de ralliement avec ses amis ou le refuge de ses lectures solitaires d'après les cours. Il n'avait plus mis les pieds ici depuis deux ou trois ans, mais à ce moment précis il avait besoin d'un lieu à la fois familier et « lointain », afin de se remettre les idées en place. Certaines silhouettes ne lui étaient pas inconnues : celles des « bougies », le terme des serveurs pour désigner les clients capables presque chaque jour de rester attablés six ou huit heures d'affilée autour d'une tasse. Lui-même n'était plus l'un de ces habitués qui constituent le décor des vieux cafés, mais des visages de sa jeunesse, si proche et si lointaine, resurgissaient, à peine déformés par le temps qui passe. Il avait reconnu

Debray, un monarchiste qui lisait Guy Debord et qui en faisait l'exégèse à un public de fidèles ou d'étudiants de passage, ainsi qu'Omar, un Turc aux costumes de marque dirigeant une agence immobilière sur la place et à qui on prêtait des mœurs sulfureuses. Au Saint-Sernin, on ne savait pas si le patronyme des « bougies » recoupait celui de l'état civil ou obéissait à un mélange plus subtil fait de surnoms et d'esprit farceur. Le dénommé « Debray » ou « Debré », par exemple, offrait une ressemblance troublante avec l'écrivain Régis Debray.

Le Saint-Sernin était un lieu d'identités floues au cœur duquel Frédéric avait amené et fixé en ses murs quelques-uns des êtres qui lui étaient les plus chers, dont Valérie, avec qui il avait usé ses fonds de pantalon sur les banquettes du troquet. Diaphane aux yeux gris, elle avait été son premier amour, peut-être le seul, mais cet aveu ne pouvait s'exprimer sans que le cœur de Frédéric se serre et que la vie lui paraisse décevante, tellement en deçà des promesses qu'elle avait pu faire naître naguère. La dernière fois qu'il l'avait vue, c'était six ans auparavant, un samedi de printemps, alors qu'il s'apprêtait à pousser la lourde porte d'un autre bar, le Why Not Café, après avoir fait l'amour pour la première fois avec Clémence, qui allait longtemps occuper son corps et son âme. Accompagnée d'un garçon dont Frédéric n'avait pas remarqué le visage, elle l'avait accosté. L'esprit encore irradié par Clémence et leurs étreintes partagées, il avait balbutié les banalités d'usage – « Oui, ça va, et toi ? » – face à celle pour laquelle il avait cru mourir tant de fois. Dans ces éphémères retrouvailles, il avait vu comme un passage de témoin. Après Valérie était donc venue Clémence. À une dizaine d'années de distance, une passion avait chassé l'autre et, sans démonétiser l'amour ancien, celui qui l'avait lié à Clémence avait relativisé impitoyablement les sentiments passés. La vie devait être cela : un manège, une succession de passions qui faneraient et renaîtraient, de renoncements et d'embrasements donnant l'illusion que tout est encore possible, surtout le meilleur. Il se souvenait que ce jour-là, au Why Not, il avait commandé un cocktail lait-coco, boisson dont, à l'époque, il raffolait et qui lui semblait maintenant aussi exotique que les plages de sable blanc proposées par les devantures d'agences de voyages, puis un autre et encore un autre. Ces choses étaient loin. Durcies et séchées par le temps, par le cours d'une existence molle et confortable, égoïste et sans aspérités, ponctuée de quelques soirées entre amis où des trentenaires du même milieu devisaient essentiellement de musique, de cinéma et de foot en échangeant des lieux communs qui ne leur appartenaient même pas.

Écrasant une Chesterfield dans le cendrier, Frédéric sentit une vague de dégoût monter en lui. Je ne suis qu'un petit-bourgeois, engoncé dans des contingences merdiques d'enfant gâté, songea-t-il. Ces idées nauséeuses, qui n'étaient pas dans sa nature, s'infiltraient telle une eau grise minant les défenses et les fondations du jeune professeur. S'il avait choisi le Saint-Sernin afin de calmer son cerveau en ébullition, ce lieu chargé de souvenirs le fragilisait sans apaiser l'angoisse qui l'étreignait.

L'entrevue deux heures avant avec Maric l'avait effrayé, bien qu'il n'en eût rien laissé paraître devant l'étudiant en conservant, non sans talent, le flegme que l'on est en droit d'attendre d'un universitaire. Frédéric aurait aimé qu'il ne s'agisse que du canular d'un potache ayant fait un pari avec ses camarades. Mais Zlatko Maric n'en avait guère le profil, pas plus que celui d'un mythomane.

2

Toulouse, université du Mirail
14 mars, 10 h 32 (quatre heures plus tôt)

Les étudiants s'installaient dans la salle 225 de l'UFR de lettres modernes du Mirail sous le regard concentré et indulgent de Frédéric Berthet, qui s'apprêtait à leur faire partager ses lumières sur *La Montagne magique* de Thomas Mann. À trente-trois ans, il n'était guère plus âgé que ses élèves, en particulier ceux de licence qu'il avait face à lui ce matin-là. Dix ans à peine le séparaient de certains ayant musardé durant leur cursus ou ayant changé de voie pour adopter cette filière qui n'offrait que peu de débouchés à l'exception de l'enseignement. Frédéric en était l'exemple même, lui qui, quelques années auparavant, avait occupé les salles et les amphithéâtres où il enseignait désormais. Natif de Toulouse, il s'était inscrit après un bac littéraire en faculté d'histoire avant de bifurquer vers les lettres modernes, où il s'était montré un étudiant aussi assidu que brillant – qualités assez vite découragées dans cette université délabrée dont l'architecture évoquait la rencontre entre le réalisme soviétique et l'univers concentrationnaire. CAPES en poche, il avait enseigné dans un lycée de la ville, soutenu sa thèse sur le fantastique quotidien chez Kafka en 1989 et décroché, deux ans plus tard, un poste de professeur titulaire au Mirail. Alors qu'en général les affectations lointaines frappaient les jeunes diplômés, il avait profité d'un concours de circonstances, ainsi que de quelques soutiens au sein de l'université, pour ne pas quitter sa ville et retrouver rapidement « sa » fac. Frédéric avait ainsi la sensation de prolonger sa jeunesse, de ne pas être véritablement entré dans la « vie active » et de contrarier, modestement mais sûrement, le cours des choses qui veut qu'un adulte par son métier et ses responsabilités tourne le dos au temps de l'insouciance. Professeur, il n'était pourtant à ses yeux qu'un étudiant attardé ayant réussi à tromper la surveillance d'un système bien décidé à assigner à chacun un rôle. Sans doute ne se rendait-il pas compte que son statut n'avait au fond rien de vraiment exceptionnel et obéissait à une sorte de reproduction endogène caractéristique de son pays.

Observant la mise en place des étudiants, Frédéric estima leur effectif à une cinquantaine. Sur un total d'environ quatre-vingts inscrits dans ce cours, ce n'était pas si mal. L'assistance était majoritairement féminine – l'une des caractéristiques des lettres modernes – et Frédéric aimait regarder ces jeunes filles à peine sorties de l'enfance et déjà presque femmes. La petite blonde BCBG avec un air mutin que venaient contrarier un tailleur à carreaux et un brushing impeccable, portant des talons hauts et des collants couleur chair qui la vieillissaient, il la surnommait intérieurement Angie Dickinson, en hommage à l'actrice du *Point de non-retour* et de *Pulsions*. Ce gamin boudeur aux cheveux en bataille donnant l'impression de sortir du lit ou d'une boîte de nuit, c'était Kurt Cobain. Au deuxième rang, à l'extrême gauche, il retrouvait immanquablement Jil Caplan, cette chanteuse qu'il aimait tant. Au fond, comme d'habitude, Anna Karina et Bruce Springsteen papotaient. Avant la fin de l'année, ils sortiraient ensemble. Il l'aurait parié. Au premier rang, à droite de l'allée centrale, il y avait Fanny. Il n'avait pu lui trouver un surnom suffisamment fidèle à sa beauté secrète faite de joues rondes, de paupières lourdes, de lèvres pulpeuses, de longs cheveux châtains dissimulant la partie gauche de son visage et d'une silhouette fine comme une allumette drapée dans des vêtements noirs ou bleu foncé. Parfois, elle venait le voir à la fin du cours en baissant la tête pour lui demander une précision ou une lecture complémentaire. Frédéric savait qu'il n'aurait jamais la moindre aventure ni même la moindre relation amicale avec l'une de ses étudiantes, mais Fanny, qui semblait discrètement blessée, l'émouvait et lui rappelait l'époque de sa propre jeunesse, quand tout était donné et justifié dans l'instant.

Les rares étudiants étrangers captaient aussi l'attention de Frédéric. L'année précédente, Alain, un Libanais installé en France depuis peu, l'avait impressionné par sa ténacité et sa dignité. Malgré des conditions précaires – il vivait dans un logement de la cité universitaire et travaillait le soir comme manutentionnaire dans une grande surface –, l'éloignement des siens et l'absence de sorties ou de soirées folâtres que lui réservait son double « emploi » d'étudiant et de salarié, il avait validé son unité de valeur avec la meilleure note de la classe. Comme Fanny, il demandait de temps en temps des conseils ou des éclaircissements à Frédéric après le cours dans un français parfait. Le professeur en était profondément touché. Le soir, chez lui, il repensait à Alain, souhaitait à ce garçon une vie aussi longue que douce.

Un autre étudiant étranger avait retenu son attention dans la promotion 1992/1993 : Zlatko Maric. Zlatko, comme Vujovic, avait pensé Frédéric en lisant la fiche qu'il faisait remplir à ses étudiants lors du premier cours, ce joueur de foot qui avait fait les beaux jours de Bordeaux dans les années quatre-vingt, en compagnie de son jumeau Zoran, avant d'évoluer au Paris Saint-Germain. Un « yougo », un artiste, un roublard, un teigneux, un imprévisible. Depuis longtemps, le championnat de France faisait son miel de ces joueurs hors normes qu'on surnommait « les Brésiliens de l'Europe ». D'Ivan Curkovic à Ivan Surjak en passant par Josip Skoblar, Nenad Bjekovic, Vahid Halilhodzic, Dragan Pantelic, Blaz Sliskovic, Safet Susic ou plus récemment Dragan Stojkovic, ils avaient marqué les esprits par leur talent fantasque. Zlatko Maric avait trente ans, l'âge où un footballeur professionnel a presque terminé sa carrière, mais qui permet encore d'être étudiant. À la fin du deuxième cours, Frédéric avait abordé son « doyen » pour le mettre en confiance.

« Monsieur Maric, j'ai vu sur votre fiche que vous veniez de Yougoslavie. N'hésitez pas à venir me voir si vous avez un problème. La faculté tient à accueillir le mieux possible les étudiants étrangers que ce…

— Je suis croate, pas yougoslave. La Yougoslavie n'existe plus, monsieur. Elle n'existera plus », avait-il tranché.

La conversation s'était prolongée à l'invitation de Frédéric dans l'un des cafés lugubres situés à l'entrée de l'université et avait glissé naturellement vers le football, dont Zlatko Maric était lui aussi un amateur. Frédéric avait évoqué la finale de la Coupe d'Europe des clubs champions perdue aux tirs au but en 1991 par l'Olympique de Marseille face à l'Étoile rouge de Belgrade.

« Il y avait des Serbes, des Croates, des Monténégrins, des Macédoniens dans cette équipe… Tout de même, vous étiez plus forts ensemble, non ?

— Ils étaient peut-être plus forts, mais ce n'était pas nous. Les nôtres jouaient pour Belgrade, pas pour leur pays… »

Plutôt que cette équipe où les origines des joueurs étaient noyées, Zlatko préférait Zvonimir Boban, qui en 1990, lors du match opposant l'Étoile rouge au Dinamo Zagreb, s'était battu contre des policiers serbes qui réprimaient sauvagement des supporters croates provoqués par ceux de Belgrade. Cette rencontre, interrompue par les heurts et préfigurant l'éclatement du pays à venir, avait fait de Boban une idole des nationalistes en Croatie. Maintenant, la guerre enflait tel un cyclone et Boban faisait fructifier son compte en banque dans les rangs du prestigieux Milan AC de Silvio Berlusconi. Comme la plupart des Français, Frédéric ne s'intéressait pas vraiment aux conflits dans ce que l'on appelait désormais « l'ex-Yougoslavie » car il n'en saisissait pas les enjeux, et pas vraiment les acteurs. Certes, les Serbes, si l'on se fiait à la plupart des médias, tenaient le rôle des « méchants », mais d'autres prêtaient aux Croates des revendications ultra-nationalistes aux relents fascisants. Dans l'histoire, les Bosniaques avaient l'allure de boucs émissaires. Pour Frédéric, la Yougoslavie, c'était d'abord les footballeurs qui l'avaient fait rêver enfant et adolescent, puis les films d'Emir Kusturica comme *Papa est en voyage d'affaires* ou *Le Temps des Gitans.*

Il avait écouté son étudiant exposer sa propre expérience, qui valait mieux que les bruits ou les discours répercutés ici. Zlatko était venu en France non pour fuir la guerre à laquelle ses deux frères participaient, mais pour préparer la Croatie de demain, qui aurait besoin de bras et de cerveaux, pas seulement de combattants. Rendu un peu bête par sa légèreté face à des événements qui dépassaient le cadre du ballon rond et du cinéma, Frédéric avait ressenti une pointe de culpabilité quand son étudiant avait tenté de lui expliquer ce qu'était un pays en guerre, où les voisins d'hier se hachaient menu.

« C'est un moment difficile, mais cela doit se faire. Cela ressemble un peu à une opération chirurgicale, il faut séparer des gens qui ne peuvent plus vivre ensemble mais qui, pour quelques-uns, ne le savent pas encore. »

Là-bas, des hommes, des femmes et des enfants mouraient. « À deux heures d'avion de Paris », disaient la télévision et les journaux, comme si la proximité était une circonstance aggravante. Cette première discussion entre Frédéric et Zlatko avait été suivie de bien d'autres, à l'université et dans des cafés du centre-ville. Désormais, ils s'appelaient par leurs prénoms. Les deux hommes n'étaient pas réellement devenus amis – les statuts de professeur et d'étudiant suffisant à dresser entre eux des barricades invisibles –, mais ils aimaient se retrouver.

Ce 14 mars 1993, lorsque le cours fut terminé et la salle enfin vide, Zlatko aborda son professeur et confident :

— Il faut que je vous parle. J'ai un problème, Frédéric.

3

Toulouse, université du Mirail
14 mars, 12 h 33

Face aux yeux brillants et à la tension intérieure habitant le corps sec de l'étudiant, qui n'avait pas assisté au cours mais avait surgi au moment où la salle s'était vidée de ses derniers occupants, Frédéric lui proposa de rejoindre son bureau à l'UFR de lettres modernes. Il se doutait que Zlatko allait lui exposer un problème exigeant une certaine intimité. Plus qu'une demande d'aide en vue des partiels à venir, le professeur s'attendait à être sollicité en vue de l'une de ces embrouilles administratives, assez récurrentes pour les étudiants étrangers et dont le retard dans le versement des bourses était la plus fréquente. Arrivé dans le petit bureau, Maric refusa le café que Frédéric proposait et énonça, comme une leçon qu'il avait eu le temps d'apprendre, les raisons de sa démarche. Malgré sa fébrilité, le propos était clair, ordonné.

Deux jours auparavant, l'oncle de Zlatko Maric, Marko Topalovic, avait été tué à Montauban, où il vivait et dirigeait une entreprise d'import-export prospère. Le corps, découvert par des passants vers 23 heures devant sa villa du centre-ville, arborait trois impacts de balles : deux dans le thorax, une dans le front. L'oncle avait participé dès la fin de 1991 à un trafic d'armes à destination de la nouvelle Croatie indépendante en mettant son entreprise au service de réseaux montés par les sécessionnistes croates appuyés par des agents de la Direction de la surveillance du territoire. N'ayant pas été payé depuis plusieurs mois, Topalovic avait réclamé son dû en menaçant de révéler l'opération et l'identité des commanditaires. Au-delà des éléments le liant au trafic, il disposait de documents mettant en cause des personnalités croates haut placées et, vraisemblablement, leurs complices français. Ses assassins étaient au courant et savaient qu'il ne les avait pas conservés par-devers lui. Pour preuve, ils l'avaient exécuté sans le torturer.

En revanche, moins de vingt-quatre heures après, le studio toulousain de Zlatko Maric avait été retourné. L'étudiant avait découvert le chaos en rentrant à 18 h 30. Aucun objet n'avait été dérobé – d'ailleurs, à part des livres et une vieille télévision, le studio ne contenait rien qui puisse séduire un cambrioleur. Maric avait aussitôt embarqué quelques vêtements dans un sac de sport et gagné la place Saint-Cyprien, d'où il avait téléphoné d'une cabine à ses parents à Zagreb. Mis au courant de l'assassinat, Maric savait ce qu'il avait à faire : se sauver et sauver ce qui pouvait garantir sa survie. Il avait sauté dans le premier bus à destination du centre-ville, rue Bayard, connue pour sa mauvaise réputation due à la présence de prostituées et de bars où s'agrégeaient les gens de la nuit. Le quartier, non loin de la gare, grouillait de Pakistanais vendant des fleurs, de petits dealers, de junkies, de clochards avachis, de mendiants plus ou moins agressifs, de putes africaines, de gitons défraîchis, de fêtards venant s'encanailler, de jeunes sortant de boîtes branchées voisines de ce théâtre de désolation. L'ensemble présentait une sorte de résumé de l'intégration à la française, une intégration par le bas, par la misère, la délinquance, la barrette de shit à cent balles, la pipe à cinquante. Loin de ces attractions, Maric était venu là pour se fondre dans un cloaque qui lui laissait espérer l'anonymat.

Après avoir avalé un steak à cheval à L'Étincelle, il avait filé vers un hôtel miteux adjacent qui affichait une étoile et proposait des chambres à partir de cinquante francs. Surtout, la proximité de la gare lui avait paru essentielle. Car la consigne numéro 217 y abritait deux enveloppes, l'une en papier kraft contenant copies de fax, de virements bancaires et de courriers ; l'autre en papier bulle protégeant une cassette VHS. Zlatko les avait déposées là, trois semaines plus tôt. Le rôle de Marko Topalovic et de ceux qui avaient organisé le trafic d'armes y était exposé. Mais l'idée de récupérer les documents confiés par son oncle était vite apparue dangereuse à Zlatko Maric. Nul doute que des hommes étaient à ses trousses. Et s'il avait pu les semer en quittant son studio, ce que semblait confirmer le fait qu'il n'ait pas été kidnappé jusque-là, ils devaient à coup sûr surveiller la gare et l'aéroport de la ville. Son quartier aussi, vraisemblablement. Peut-être même avaient-ils commencé à fureter à l'université. Sa vie reposait dans ces deux enveloppes. S'il les récupérait, il pourrait négocier leur restitution et son silence.

— Frédéric, j'aurais besoin que vous alliez chercher ces documents à la gare. Vous êtes la seule personne en qui je peux avoir confiance ici… Ensuite, je me débrouillerai. Vous n'entendrez plus parler de moi. Je suis désolé de vous demander cela, mais je ne vois pas d'autre solution. J'ai peur, très peur. Je sais que ma famille à Zagreb est en danger et je dois réparer les choses tant que cela est possible…

— Mais vous devriez plutôt aller à la police, ou aux Renseignements généraux, je ne sais pas… Enfin, si la situation est aussi dangereuse, c'est vers ces gens-là qu'il faut se tourner…

— Ils sont déjà au courant. Mon oncle avait organisé ce trafic avec l'accord et la collaboration d'agents de la DST. Si ça se trouve, ce sont eux qui l'ont tué.

Frédéric accepta en silence de prendre la clé de la consigne sans avoir vraiment décidé de ce qu'il ferait. Maric lui demanda de l'appeler le lendemain à son hôtel pour fixer un rendez-vous et prendre possession des documents. Ébranlé par ce qu'il venait d'apprendre, partagé entre son désir de venir en aide et la volonté de ne rien se laisser imposer, Frédéric s'apprêtait à lui demander qui il était vraiment et ce qu'il était venu faire dans cette ville, mais Maric s'était déjà éclipsé, tout en souplesse et légèreté, en refermant délicatement la porte du bureau.

Tout semblait simple dans cette histoire incroyable servie par le Croate. Pour le sauver, Frédéric devait se rendre à la gare, prendre deux enveloppes et les lui donner. Son statut, ses diplômes, ses amis, ses relations ne lui étaient plus d'aucun secours à cet instant précis. Il s'agissait juste de dire oui ou non, d'aider Maric ou de ne rien faire, voire d'aller à la police pour se débarrasser du fardeau. En sortant du Saint-Sernin, il alluma une cigarette et s'engagea dans la rue Saint-Bernard en regardant les passants d'un œil nouveau. Derrière ces visages anodins, ces silhouettes apparemment façonnées par leur milieu et leur époque, ces invisibles que l'on ne remarque plus, se trouvaient peut-être des clandestins, des soldats de l'ombre, des comploteurs. Des assassins et des condamnés à mort.

Une averse tombait sur la ville. Les passants se pressaient tandis que le ciel se couvrait de nuages grisâtres. Arrivé sur le boulevard de Strasbourg, Frédéric pouvait presque apercevoir la rue Bayard menant à la gare. En se dirigeant vers elle, il essayait de se souvenir qui avait dit que la plus grande ruse du diable était de faire croire qu'il n'existait pas.

4

XVe arrondissement de Paris, siège de la DST
14 mars, 15 h 10

Gilles Maréchaux attendait, dans son bureau de la direction de la Division du contre-espionnage intérieur de la DST, l'arrivée de Jérôme Gerbier. Celui-ci avait travaillé sous ses ordres durant cinq ans avant de se faire débaucher par les « collègues » et rivaux de la Direction générale de la sécurité extérieure. Maréchaux ne lui en avait pas tenu rigueur, ce que Gerbier avait pris avec soulagement, sans soupçonner que son patron ne s'était guère battu pour entraver le recrutement de trois de ses meilleurs éléments par les services concurrents. Aux yeux du ministère de la Défense, qui avait sous son autorité la DGSE, il était même passé pour un beau joueur. Assez vite, Maréchaux avait compris qu'un jour son attitude passée et la présence d'anciens fidèles à la DGSE lui seraient utiles. Ce jour-là était venu. Un coup de fil de la secrétaire annonça l'arrivée de Jérôme Gerbier.

— Gilles, très heureux de vous revoir.

— Moi aussi, cher Jérôme, assieds-toi, je t'en prie.

En dépit du quasi quart de siècle séparant les deux hommes et du respect qu'éprouvait Gerbier pour son aîné âgé de cinquante-neuf ans, il ne s'était pas établi entre eux une quelconque parodie de rapport père-fils, mais plutôt une connivence de frères d'armes. Cela tombait bien car les lignes de front et les zones de combat ne manquaient pas. Finalement, la chute du communisme n'avait pas entraîné cette « fin de l'Histoire » évoquée par certains et l'avènement d'un monde globalisé communiant sur l'autel de la démocratie et du capitalisme. La situation en Algérie, qui avait basculé dans une guerre civile terrible opposant le pouvoir militaire à des groupes islamistes, préoccupait au premier rang la France et ses services, mais c'est à propos de l'ex-Yougoslavie que Maréchaux voulait s'entretenir avec Gerbier. Là-bas aussi, le goût du sang réclamait son dû et des identités meurtrières s'étaient réveillées dans le fracas des armes.

En juin 1991, la Slovénie et la Croatie annoncèrent unilatéralement leur indépendance et par là même la fin de la Yougoslavie, composée de six républiques fédérales : la Serbie, la Croatie, la Slovénie, la Bosnie-Herzégovine, le Monténégro et la Macédoine. Si la sécession de la Slovénie, suivie quelques semaines plus tard par celle de la Macédoine, se fit sans trop de heurts, celle de la Croatie provoqua la réaction de l'armée fédérale et de groupes paramilitaires serbes ayant proclamé en riposte l'indépendance de la Krajina, région croate peuplée majoritairement de Serbes. Une guerre s'engagea, sur laquelle se greffa au début de 1992 la déclaration d'indépendance de la Bosnie, qui entraîna la constitution, par les nationalistes serbes et croates de l'ancienne république fédérale bosniaque, de deux micro-États presque fantoches : la République d'Herceg-Bosna, tenue par les Croates, et la République des Serbes de Bosnie. Entre elles, une Bosnie réduite à peau de chagrin tentait d'exister. En résumé, en ce jour de mars 1993, les Serbes, les Croates et les Bosniaques se battaient les uns contre les autres. Sans remonter à l'Empire ottoman ou à la Première Guerre mondiale, déclenchée après l'assassinat à Sarajevo de l'archiduc François-Ferdinand, héritier de l'empire austro-hongrois, par un nationaliste serbe, certaines haines plongeaient dans un passé récent. Lors de la Seconde Guerre mondiale, les autochtones s'étaient illustrés avec la création d'un État croate qualifié d'« indépendant » mais assujetti aux nazis tandis que le Croate Tito fédérait la résistance des partisans communistes et que la résistance serbe nationaliste, menée par les monarchistes du général Mihailovic, se battait à la fois contre les Allemands et les communistes de Tito. Bien que s'affrontant sans pitié, les résistants yougoslaves réussirent à embourber certaines des meilleures divisions SS.

Moins de cinquante ans plus tard, les Serbes, les Croates et les Bosniaques avaient ressorti les armes. Des camps de prisonniers où régnaient la torture et les exécutions sommaires fleurissaient. Les populations civiles constituaient les meilleures cibles pour les belligérants. Les Serbes de Bosnie s'étaient choisi comme chef un psychiatre à moitié dingue et les milices du psychopathe Arkan, qui se faisait photographier avec un bébé tigre, semaient la terreur en mettant en pratique une politique de « purification ethnique ». Dans chaque camp, les plus extrémistes avaient pris le pouvoir et donnaient l'impression que tout le monde là-bas voulait en finir, venger les crimes passés et créer de nouvelles nations dans un bain de sang. Pour ne rien gâcher, les haines confessionnelles avaient leur mot à dire puisque les Croates étaient majoritairement catholiques, les Serbes orthodoxes et les Bosniaques musulmans. Les populations et les communautés étant mêlées, la séparation voulue par les maîtres de guerre s'annonçait féroce.

Officiellement, la France s'en tenait à une stricte neutralité à l'égard des belligérants, appelant à un cessez-le-feu, au respect des conventions internationales et à la protection des populations civiles. Les médias hexagonaux soupçonnaient cependant le pouvoir, en particulier le président de la République, de sympathies pro-serbes en raison des liens historiques noués entre les deux pays, en particulier depuis la Première Guerre mondiale jusqu'à la résistance au nazisme. Comme souvent, la réalité était plus complexe. En témoignait cette étrange affaire dont Maréchaux voulait s'entretenir avec Gerbier.

Deux jours plus tôt, un Français d'origine croate, Marko Topalovic, avait été assassiné à Montauban, où il résidait. Contacté par des représentants de la nouvelle Croatie indépendante dès 1991, il avait participé à un réseau de trafic d'armes en direction de Zagreb en collaboration avec des courtiers en armement et des agents de la DST. Avant d'être récupérées au port de Koper en Slovénie ou de Split en Croatie, les armes transitaient par pleins cargos chez de faux destinataires comme la Grèce, la Turquie ou Israël avec les documents officiels légaux attestant qu'elles étaient en fait livrées à un pays autorisé à en acheter. Elles étaient embarquées clandestinement lors de ces escales sur d'autres navires prenant la direction de l'Adriatique, qui planifiaient leurs parcours en fonction des patrouilles effectuées par les bâtiments de guerre de l'Otan chargés de faire respecter l'embargo. Les armes passaient ensuite sans encombre entre les mailles du filet, aux moments où la marine française assurait sa rotation devant les ports slovènes et croates.

Jusqu'où remontaient cette filière française et cette diplomatie parallèle ? Maréchaux n'avait pu formellement identifier les hommes et les responsables de la DST trempant dans ce trafic qui impliquait éventuellement aussi des membres de la DGSE. Et dans les ministères directement concernés – Affaires étrangères, Défense, Intérieur –, qui faisait quoi et qui savait quoi ? À quel niveau commençait ce trouble jeu ? Et à l'Élysée, dont le locataire était jugé trop favorable aux Serbes, quelqu'un était-il au courant de ces opérations illégales pro-croates ?

Après avoir exposé la situation aussi rigoureusement que possible, Maréchaux usa d'un langage plus libre et imagé à propos de ce qu'il nommait « le merdier yougoslave » :

— Ils se battent pour le drapeau, l'indépendance, la race, la religion, la patrie, pour venger leurs grands-parents ou arrière-grands-parents, j'en passe, mais ceux qui les arment ont des visées un peu plus… importantes. Gazoducs, pipelines, accès à l'Adriatique : tout cela n'a pas de prix. Enfin, si justement. Et c'est le problème. Un prix inestimable.

— J'imagine.

— Évidemment, nos amis américains ont donné un coup de main aux Croates et ils vont continuer. Ils ont commencé aussi à aider en sous-main les Bosniaques. L'objectif étant à terme de prendre en tenaille les Serbes.

— À quel niveau les Américains agissent-ils ?

— NSA, CIA, officines privées dépendant en réalité du Pentagone, ONG…

— Quel bordel…

— C'est le mot. Les ricains veulent foutre le bordel dans les Balkans pour emmerder les Européens, puis ils siffleront la fin de la partie et installeront leurs bases militaires dans la région pour assurer la stabilité et protéger tel ou tel camp. C'est écrit et gros comme une maison. Mais nous ne sommes pas là pour nous battre contre l'Oncle Sam. Je veux trouver les gens de chez nous, ici à la DST, qui sont mouillés dans ces livraisons d'armes, et le meilleur moyen est de remonter la filière de Topalovic. Ceux qui l'ont tué sont sans doute les mêmes et ce type aurait des preuves impliquant ses complices. On pense que son neveu, qui vit à Toulouse, possède ces preuves. Je voudrais que tu ailles là-bas, que tu récupères le neveu et ses documents.

— Pourquoi moi, à la DGSE ? Vous savez mieux que quiconque que nos maisons ne s'entendent pas très bien et il faudrait que j'obtienne…

— D'abord, parce que j'ai toute confiance en toi, coupa Maréchaux, et pas forcément en tous les miens. Ensuite, ne t'en fais pas. J'ai carte blanche à la DST, à la DGSE et dans les ministères pour mener mon enquête avec les hommes que je désire. Il y a des services qu'ils ne peuvent me refuser. Je veux aussi les noms de nos agents, des intermédiaires, voire des hommes de main et des mercenaires qui ont participé à ces trafics et à ce meurtre. Tu ne rendras de comptes qu'à moi. Les RG de Toulouse t'aideront, ils sont clean. Notre antenne de Bordeaux peut être mobilisée et j'ai ici à Paris quelques éléments sûrs, Dieu merci.

Gerbier accepta sans hésiter la mission. Ce qu'il préférait dans son métier, c'était le terrain, cette immersion dans ce qu'il voyait comme des fonds marins inconnus du public. Dans l'imaginaire collectif, les espions, les agents secrets et les complots faisaient fureur. La réalité était en général moins spectaculaire. On s'échangeait des messages via des « boîtes aux lettres » situées dans des jardins publics ou des parkings. Il y avait bien sûr des ordinateurs sophistiqués, des systèmes d'écoute, des satellites, mais aussi des moyens très archaïques. Un assassinat ciblé commis à l'arme blanche se transformait aisément en crime crapuleux ou en banal fait divers. Un piéton renversé par un chauffard qui prenait la fuite faisait aussi très bien l'affaire. Accidents de voiture, drames domestiques, suicides : les options étaient larges. Au cœur de ce monde parallèle, une vie pouvait avoir beaucoup plus de valeur que dans le monde ordinaire, et d'autres existences valoir infiniment moins. Une fois que l'on avait admis la versatilité de ces taux de change et de cette bourse des valeurs, on comprenait beaucoup de choses.

5

Toulouse, gare Matabiau
14 mars, 18 h 03

La consigne 217 de la gare Matabiau contenait deux grandes enveloppes, l'une en kraft, l'autre en papier bulle. Frédéric s'en empara et regarda autour de lui afin de vérifier que personne ne l'observait, précaution dérisoire mais que n'importe quel personnage de film ou de roman aurait cru bon de prendre. Il n'avait jamais aimé la gare ni ses alentours, ces lieux plutôt malfamés où la misère du monde et la petite délinquance semblaient s'être agglutinées. En outre, la poésie des quais et des buffets de gare avec leurs promesses de départs, de retrouvailles ou de rencontres le laissait insensible. Il revint chez lui en longeant le canal plutôt que par la rue Bayard. Sur le canapé du salon, après s'être servi une bière, il ouvrit les enveloppes, qui contenaient des feuilles agrafées comprenant des tableaux et des colonnes de chiffres, des textes en anglais, en allemand et en serbo-croate. Il ne prit pas la peine de déchiffrer ceux en anglais, remit le tout dans les enveloppes et s'apprêta à glisser la cassette dans le magnétoscope quand il songea à consulter le répondeur téléphonique. À 19 heures, Clémence lui avait rappelé qu'ils devaient dîner ensemble et qu'elle l'attendrait à 20 heures au bar de la Frégate, place Wilson. Il était presque 20 heures. Il posa la cassette sur les enveloppes, passa dans la salle de bains pour se rafraîchir, se parfuma, enfila son manteau noir, noua une écharpe de la même couleur et quitta l'appartement sans éteindre les lumières.

Cela ferait bientôt sept ans que Clémence et lui s'étaient quittés. Enfin, qu'elle l'avait quitté. Elle avait vécu à Paris durant quatre ans, était revenue à Toulouse, et ils avaient fini par se recroiser car cette ville était un village, un manège où il était inévitable, un jour ou l'autre, de retomber sur une personne perdue de vue, pour le meilleur ou pour le pire. Leur dernière rencontre inopinée remontait au mois de janvier devant la librairie Ombres blanches. Cette fois, au-delà des banalités d'usage, ils étaient allés boire un café au Florida puis avaient échangé leurs numéros de téléphone en se promettant de dîner ensemble au restaurant un soir prochain. Frédéric avait été surpris de constater qu'il ne lui en voulait plus de lui avoir brisé le cœur. Cela l'avait rendu un peu triste et rassuré en même temps. Devant Le Florida, ils s'étaient quittés comme de bons amis. Ce qu'ils étaient devenus, sans doute. Les semaines suivantes, ils s'étaient laissé des messages sur leurs répondeurs avant de convenir début mars de ce dîner.

Frédéric s'en voulait d'avoir failli manquer ce rendez-vous. Non qu'il en espérait autre chose qu'un agréable moment, mais son oubli aurait pu être interprété par Clémence comme une négligence ou, pire, comme une forme de vengeance mesquine. Or, il ne tenait plus à elle et se voir simplement, en amis, le lui prouverait. En pressant le pas, il arriva à 20 h 10 à La Frégate, plongée dans une ambiance intime par son éclairage faiblard. Frédéric s'excusa, s'enfonça dans la banquette en cuir fatigué que Clémence lui avait réservée et commanda un demi. Elle avait à peine entamé son Campari glace.

— Comment vas-tu ? Je t'ai laissé un message, j'avais peur que tu aies oublié, comme on ne s'était pas rappelés depuis…

— Non, penses-tu, mais j'étais un peu bousculé. Il m'est arrivé une drôle d'histoire, hier.

— Quel genre d'histoire ?

— Je ne vais pas t'ennuyer avec ça…

— Ah non, tu en as trop dit, fit-elle mine de supplier, avec ce ton de petite fille qu'il avait tant aimé autrefois.

— Une histoire d'espionnage, si tu veux vraiment savoir. L'un de mes étudiants, un Croate, est persuadé d'être mêlé à une affaire de trafic d'armes et d'assassinat, lâcha Frédéric en souriant et en mesurant son effet.

— Non ! Mais c'est la guerre là-bas… Raconte, allez.

— Plus tard, peut-être. Et toi, que deviens-tu ?

Elle confirma ce que leurs brèves conversations des derniers mois avaient révélé. À Paris, Clémence avait épuisé ses rêves artistiques. Les mondes du théâtre et de la peinture lui avaient fermé leurs portes, elle avait enchaîné des petits boulots alimentaires comme vendeuse dans des magasins de vêtements chics avant de réaliser que la vie parisienne telle qu'elle la concevait, avec un appartement décent dans un beau quartier, ne s'accommoderait pas longtemps de ses maigres revenus, quand bien même sa famille subvenait à ses besoins. Alors, elle avait regagné sa ville de province et travaillait depuis plus d'un an dans une agence d'assurances tenue par un ami de son père.

— Rien de brillant, comme je te le disais.

— En même temps, tu as toujours assuré…

Frédéric ne se privait jamais d'un mauvais bon mot. Elle lui donna une tape sur le bras en riant.

— Bon, que proposes-tu ? J'ai une faim de loup, monsieur le professeur.

— J'ai une idée. Tu me fais confiance ?

— *Andiamo !* répondit-elle en laissant un billet de vingt francs et quelques pièces sur la table.

Sept ans qu'il n'avait pas entendu cette expression dont elle était friande. Cela lui pinça le cœur.

En sortant de La Frégate, alors qu'ils longeaient les allées Franklin-Roosevelt, il s'arrêta devant le cinéma Les Variétés pour regarder les affiches et les photos des films dans le hall extérieur.

— Allez, allez, on ira au cinéma une autre fois…

Il prit cette phrase pour une promesse.

— Où m'emmènes-tu ? demanda-t-elle alors qu'ils traversaient pour rejoindre la rue Gabriel-Péri.

— Tu ne devines pas ? Vraiment ?

Elle sourit et lui prit le bras gauche avant de découvrir la façade du Tex-Mex rue Réclusane.

— Chic, bonne idée ! Cela fait un siècle que je ne suis pas venue ici !

Au Tex-Mex, ils étaient venus séparément lors de leurs jeunesses estudiantines puis ensemble pendant leur vie commune. Frédéric y était revenu à deux ou trois reprises avec de vieux copains, sans retrouver la magie dont il avait auréolé ce lieu. Cette magie s'appelait la jeunesse et il était logique que ses charmes, ses illusions, ses insouciances, ses espérances se soient dissipés. À la fois restaurant et bar de nuit, l'endroit avait connu un vif succès dans les années quatre-vingt, faisant découvrir à certains Toulousains l'exotisme de la cuisine mexicaine ainsi que les vertus de la tequila, du mezcal et de cocktails qui avaient alors la fraîcheur de l'inédit. La jeunesse dorée se pressait au Tex-Mex ainsi que des trentenaires et quelques vieux beaux venant savourer ici l'idée qu'ils se faisaient d'une certaine idée de l'*american way of life* à la sauce latino. La qualité de la cuisine importait peu et il valait mieux. On goûtait une ambiance festive, un mode de vie cool, dans un lieu qui avait intégré les codes de la boîte de nuit avec une musique omniprésente, de l'alcool à foison et la possibilité de danser dans la salle du fond.

Assis dans un box à la fois près du bar et de l'entrée, l'une des places les plus convoitées car elle permettait de voir les clients arriver, Frédéric et Clémence dînèrent de guacamole, de tacos et de fajitas en buvant une bouteille d'un vin chilien lourd, boisé, vanillé. Des tournées de margaritas lui succédèrent. Clémence repéra le chanteur Jean-Pierre Mader, qui avait eu son heure de gloire au milieu des années quatre-vingt avec une série de tubes. La petite scène musicale locale, dont une partie faisait encore le bonheur du Top 50, ne boudait pas le Tex-Mex. Clémence voulut danser, Frédéric céda. Ils revinrent à leur table au bout de dix minutes passées en compagnie de Kid Creole & the Coconuts et des B-52's. Près d'eux, des jeunes femmes buvaient des petits verres de tequila en mordant dans des tranches de citron vert et en léchant du sel posé sur leur main, ainsi que le voulait le rituel. L'une d'elles se leva et se dirigea vers Frédéric. Irène, l'une de ses anciennes étudiantes. Elle les invita à leur table, Frédéric déclina, prit de ses nouvelles par politesse. La musique assourdissante et l'effet de l'alcool l'empêchèrent de comprendre la réponse de la jeune femme. Le professeur la laissa terminer en souriant et la salua avec un signe de la main.

— Quel succès ! le taquina Clémence. Allez, Don Diego, oublions tes conquêtes et parle-moi de ton histoire d'espionnage, tu m'as mis l'eau à la bouche, tout à l'heure…

Frédéric commanda deux autres margaritas et relata l'étrange confession de son étudiant. Il s'efforça de mettre un peu de légèreté dans cette histoire, « Tu m'aurais vu gare Matabiau en essayant de repérer parmi la foule des voyageurs d'éventuels espions venus de l'Est… », pour faire sourire Clémence autant que pour chasser l'inquiétude sourde que cet épisode avait instillée en lui. La jeune femme enchaîna sur les destins extraordinaires que l'on peut être amené à croiser sans le soupçonner, mentionnant l'une des clientes de la boutique de la rue des Francs-Bourgeois, à Paris, où elle avait travaillé, qui avait été l'égérie de stars du rock des années soixante-dix avant de poignarder son compagnon pendant le réveillon du premier de l'an 1982.

Légèrement dégrisé, Frédéric songea à Maric et éprouva un sentiment de culpabilité. Il s'amusait, il plaisantait pendant que l'autre devait se terrer dans son hôtel miteux en attendant de ses nouvelles. Clémence proposa à nouveau de danser avant de promettre un dernier verre. Il céda puis ils burent des Corona. La version remix de *L'ange déchu* de Jean-Louis Murat résonna dans le Tex-Mex tandis qu'une lumière crue éclairait les lieux. Il était un peu plus de 1 h 30 et la chanson indiquait aux habitués que l'endroit allait bientôt fermer ses portes. Frédéric frotta ses yeux agressés par la lumière et les nuages de fumée de cigarettes. Il avait rajeuni de dix ans au cours de cette soirée. Clémence souriait avec cette grâce qui ne l'avait pas quittée. Aucun mot superflu ne devait gâcher ces moments. Il demanda l'addition, elle le remercia en l'embrassant sur la joue et ils se levèrent en se frayant un chemin parmi la petite foule des clients.

Clémence habitait à environ deux kilomètres de là, dans le quartier Saint-Michel. Il l'accompagna à la station de taxis de la place Wilson, où ils s'embrassèrent sur les joues comme le font les anciens amants. À aucun moment Frédéric ne s'aperçut qu'un homme coiffé d'un bonnet noir les suivait, depuis leur sortie du restaurant.

6

Toulouse, université du Mirail
15 mars, 12 heures

Les deux heures de cours sur Kafka et le quotidien fantastique passèrent vite. À midi, Frédéric rangea ses notes et préféra faire les photocopies des documents de Maric dans le magasin situé juste devant la faculté plutôt que dans la salle des profs de l'UFR. Si ces documents avaient tant de valeur, comme le disait Maric, mieux valait les dupliquer. Les copies faites, il traversa le campus et ses longues allées couvertes mais ouvertes aux courants d'air les jours de grand vent pour retrouver sa Golf sur le parking. Arrivé chez lui, il déjeuna d'un plat de pâtes agrémentées d'une sauce à la tomate et au basilic, puis appela l'hôtel où s'était installé Maric. Bien que l'hôtel ne fût qu'à cinq cents mètres environ de son appartement, Frédéric préféra téléphoner. La personne à la réception lui dit que M. Maric n'était pas dans sa chambre. Il rappela à 14 h 30, en vain, puis à 16 heures. Maric répondit enfin.

— Bonjour, c'est Frédéric Berthet, tout va bien ?

— Oui, oui, ça va... Excusez-moi, on m'a dit que vous aviez appelé, mais je suis sorti pour manger un sandwich et téléphoner à ma famille. La liaison était mauvaise, j'ai dû changer de cabine. Bref, j'ai perdu du temps...

— Ce n'est pas grave. Par ailleurs, j'ai fait des photocopies des documents papier. Cela m'a paru plus prudent, au cas où. Je vais m'occuper de copier la cassette vidéo. Si tout va bien, je devrais avoir un double de la cassette demain. Je vous propose de vous rappeler à l'hôtel pour confirmation, disons à 15 heures. Je vous donne mon numéro de téléphone, il y a un répondeur, si vous avez besoin de me joindre.

Maric prit note, remercia en balbutiant son professeur et s'excusa de l'avoir sollicité de cette façon.

« Ça va, il n'y a pas mort d'homme », faillit répondre Berthet songeant aussitôt à l'assassinat de l'oncle. Il se reprit :

— Je vous en prie. C'est la moindre des choses. Vous n'avez pas besoin d'argent ?

— Non, merci, je peux tenir un petit moment de ce côté-là. À demain donc, j'attends votre appel. Merci encore, Frédéric.

— À demain, Zlatko.

Berthet souffla, alluma une cigarette et se laissa envahir par un doux sentiment de satisfaction. Il aidait une personne en détresse, généreusement, sans l'idée de tirer le moindre profit de ses actes. Il était un type bien. En écrasant sa cigarette dans le cendrier, il s'en voulut aussitôt d'avoir cédé à un tel contentement de soi qui dénotait une fierté mal placée. En fait, il avait agi comme n'importe quel individu doté d'un minimum de décence aurait agi. Ni plus ni moins. Rien d'héroïque là-dedans, mon vieux, lui chuchota cette petite voix intérieure qui était son meilleur juge. Dans le pays de Zlatko, il y avait la guerre. On tuait, on sauvait des gens, on risquait sa peau. Frédéric essaya d'imaginer son rôle dans cette situation. Soldat ? Sûrement pas, il n'en avait pas les qualités, ou bien soldat enrôlé de force, comme il devait y en avoir beaucoup là-bas. Sans doute aurait-il fui si un embrasement pareil s'était abattu sur la France. Il aurait été un exilé, fuyant les armes et le sang, les obus et les tirs des snipers. Comme Zlatko, dans une certaine mesure.

Au milieu de ces images de destruction et de chaos, d'armes et de corps suppliciés, le souvenir de Clémence traversa son esprit. Il avait envie de l'appeler, d'entendre sa voix, de la revoir. C'était trop tôt. Pour l'instant, il devrait se contenter du souvenir de cette délicieuse soirée avant de lui donner une éventuelle suite. Saurait-il la reconquérir ? Il avait cru ne plus en être amoureux, et quelques heures en sa compagnie avaient suffi pour anéantir l'illusion rassurante de ne plus dépendre de personne. S'enfonçant dans le canapé du salon, Frédéric se surprit à penser aux enfants qu'ils auraient eus ou qu'ils pourraient avoir. Il imagina des bains de soleil, des fous rires, des jeux dans le sable, des froncements de sourcils et des grosses voix pour les impressionner, des baisers, des étreintes, des bonheurs simples qui pourtant lui avaient été refusés jusque-là.

La sonnerie du téléphone interrompit ces rêveries. Frédéric décrocha. On raccrocha aussitôt. Le retour au réel dispersa Clémence et les enfants. Il fallait faire une copie de la VHS. Berthet pensa naturellement à Christophe, l'un de ses meilleurs amis, du moins le plus ancien, puisqu'ils s'étaient connus au collège. Il composa de mémoire son numéro – 61 47 16 64 –, geste qu'il avait effectué des milliers de fois. Rendez-vous fut pris à 19 heures, rue des Filatiers.

7

Toulouse, rue des Filatiers
15 mars, 19 heures

Christophe était resté un éternel étudiant – statut que la vie de rentier autorise parfois à ceux qui n'ont pas envie d'entrer dans la vie adulte. Sa famille avait des biens immobiliers, à Toulouse et à Paris, et il vivait depuis ses dix-huit ans dans un appartement de la rue des Filatiers que ses parents lui avaient offert afin de le récompenser pour l'obtention du baccalauréat. Cette autonomie, loin de susciter chez Christophe le désir de s'investir dans des études en vue d'asseoir une situation professionnelle, l'avait renforcé dans ses passions : le cinéma, la lecture, le football, les soirées et sorties entre amis, les grasses matinées, les pizzas et les hamburgers. Mollement inscrit en droit, en histoire, en sociologie et à l'École supérieure d'audiovisuel, successivement ou parfois simultanément, Christophe avait réussi au bout de cinq années à décourager les ambitions que ses parents plaçaient en lui.

Sa bonne volonté affichée, son esprit conciliant, sa présence aux déjeuners familiaux dominicaux et aux vacances estivales désarmaient les éventuelles récriminations parentales sur l'échec patent d'un parcours universitaire plutôt désordonné. Puis son frère et sa sœur aînés avaient bien aidé Christophe dans sa stratégie visant à ne pas travailler. François reprendrait le moment venu l'étude notariale paternelle et Marie serait avocate. Jean et Élisabeth Tourneur pouvaient donc dissimuler leur déception concernant le cadet en se félicitant de la trajectoire plus conventionnelle de leurs autres enfants. Les années avaient passé en transformant le statut du jeune homme en évidence.

Logé, donc, bénéficiant d'un virement mensuel de cinq mille francs, et même blanchi puisque Christophe apportait chaque week-end son linge sale chez ses parents pour que la femme de ménage s'en occupe, il menait, trentenaire, l'existence dont il avait rêvé. Certes, son mode de vie et surtout l'évolution de ses amis de lycée puis de faculté l'avaient coupé d'anciens compagnons de jeu et de sortie. Ceux-ci travaillaient, vivaient en couple ou s'étaient mariés, étaient devenus parents. De son côté, Frédéric avait gardé le contact avec Christophe. Peut-être parce qu'il était célibataire comme lui. Plus sûrement encore parce qu'ils avaient partagé des années d'insouciance et de bonheurs simples consistant à aller voir les matchs du TFC au Stadium, à se retrouver dans les bars branchés de la ville, à écumer les bouquinistes des places Arnaud-Bernard et Saint-Étienne, à fréquenter les salles de cinéma comme si une partie de leur vie se jouait sur ces écrans devant lesquels ils communiaient tels des fidèles dans une église.

Au collège d'abord puis surtout au lycée et durant les premières années de fac, ils ne s'étaient privés de rien. Christophe et Frédéric voyaient au moins trois films par semaine au cinéma. Si *La Guerre des étoiles*, contrairement à la plupart de leurs condisciples, les avait laissés de marbre, la découverte de *Voyage au bout de l'enfer*, d'*Apocalypse Now*, de *Manhattan*, de *Raging Bull*, de *Shining* ou de *La Guerre du feu* les avait marqués durablement. Les sorties étaient riches, mais les reprises permettaient de combler certaines lacunes et curiosités. Ils avaient vu ainsi, avec quelques années de retard, des films au parfum de soufre comme *L'Exorciste*, *Les Chiens de paille*, *Délivrance* ou *Taxi Driver*, interdits au moins de treize ans. L'interdiction aux moins de dix-huit ans, frappant notamment *Portier de nuit* ou *Orange mécanique*, excitait d'autant plus leur appétit. De toute façon, le film de Kubrick n'était jamais programmé à Toulouse. Lors des vacances de la Toussaint de 1981, Christophe s'était rendu à Paris pour le voir enfin – Frédéric avait été jaloux de ce privilège. Les deux amis ne procédaient pas à la légère. Dès le mardi en fin de journée, l'un d'eux achetait *Flash*, l'hebdomadaire local dédié à l'actualité des arts et spectacles qui annonçait le programme des cinémas de la ville à partir du lendemain et pour la semaine à venir. Le mercredi matin, ils relevaient dans *La Dépêche du Midi* les films conseillés par Étienne Chaumeton, éminent critique et auteur, une trentaine d'années plus tôt, d'un livre culte sur le film noir américain. Le dimanche soir, ils écoutaient *Le Masque et la Plume*, se téléphonaient juste après pour échanger leurs points de vue, qui coïncidaient souvent avec ceux de Michel Ciment. Ils lisaient *Positif*, parfois *Les Cahiers du cinéma*.

Rien, ou presque, de ce qui était à leur portée n'échappait à la sagacité des deux cinéphiles en herbe. À la cinémathèque de la rue Roquelaine, des classiques, en particulier du cinéma muet, souvent invisibles à la télévision s'offraient à eux. Les spectateurs étaient autorisés à fumer dans la salle et ne s'en privaient pas. En revanche, jamais ils ne mirent les pieds au Zig-Zag, le cinéma du centre-ville spécialisé dans les films pornographiques. D'ailleurs, à leurs yeux, d'autres daubes qu'ils jugeaient tout aussi dispensables occupaient des cinémas traditionnels. À la sortie de la séance de 16 heures au Gaumont ou aux Variétés, un croque-monsieur de l'épicerie fine Germain, rue de Rémusat, à deux pas de la place du Capitole et de chez Christophe, remettait les estomacs d'aplomb.

Au collège et surtout au lycée, ils organisèrent des séances de visionnage vidéo, en général chez les parents de Christophe. Pendant les vacances scolaires, cinq films pouvaient défiler entre 22 heures et le petit matin. Du café et du Coca accompagnaient ces nuits blanches ponctuées d'assoupissements. À l'époque, il y avait des vidéoclubs partout dans Toulouse, mais celui de la Fnac Saint-Georges avait leur préférence, pour la vendeuse du rayon situé au sous-sol. Les cheveux blonds bouclés, l'air mutine, la voix sensuelle, elle devait avoir vingt-trois ou vingt-cinq ans, c'est-à-dire sept ou huit ans de plus qu'eux, rien d'énorme dans l'absolu, mais un écart suffisamment important pour la transformer en un continent inaccessible et une manière d'idéal féminin que, sans nul doute, l'avenir leur réservait. Évidemment, Christophe poussa ses parents à s'abonner à Canal+ dès l'apparition de la chaîne qui diffusait des films à toute heure de la journée et de la nuit, en particulier des films récents que les autres chaînes ne passaient pas.

Tout cela était loin, maintenant. Nombre de cinémas de leur jeunesse avaient fermé comme Le Club et Le Trianon, d'autres menaçaient de suivre. Que restait-il de ces milliers d'heures consacrées au cinéma ? Des souvenirs, des images plus ou moins délavées, une vie parallèle qui n'était d'aucun usage dans la vraie vie. Cependant, Christophe était demeuré fidèle au sentiment que les films comptaient plus que tout, qu'ils pouvaient consoler du quotidien, qu'ils corrigeaient – pour peu que l'on y mette du sien – les imperfections du réel. À trente-trois ans, son appartement attestait de ce pas de côté, de cette croyance naïve. Des étagères de centaines de VHS tapissaient les murs également encombrés de livres, de CD et de vinyles. Là où elles trouvaient encore de la place – au-dessus du lit et du canapé, sur les portes –, des affiches du *Parrain*, de *Bonnie & Clyde*, d'*À bout de souffle* ou d'*Amarcord* rappelaient la religion en cours dans cet antre, ce qui n'avait guère d'importance car pas grand monde n'y pénétrait.

Frédéric lui-même n'y avait pas mis les pieds depuis plus d'un an, lorsqu'il était venu partager avec son vieil ami l'élimination de l'OM en Coupe d'Europe des clubs champions face au Sparta Prague. En ce 15 mars 1993, il n'était plus question de football ni de cinéma. Comme Frédéric l'avait exposé la veille par téléphone, il avait besoin de dupliquer une VHS et Christophe faisait ce genre de copies depuis longtemps pour des copains, ou des copains de copains, désireux de découvrir les films rares dont regorgeait sa collection.

Il était près de 19 heures quand Fred s'annonça à l'interphone du 25 de la rue des Filatiers. Tel un sportif retrouvant ses marques sur un terrain connu, il actionna l'interrupteur sur le mur de droite du couloir puis s'enfonça dans celui-ci en délaissant sur sa gauche un escalier qui conduisait aux étages. Arrivé dans un petit patio, il sonna à la porte du seul appartement du lotissement situé au rez-de-chaussée.

Christophe ouvrit. Ils se firent la bise. Frédéric ne perdit pas de temps :

— Excuse-moi, mon vieux, de te solliciter après ne pas t'avoir donné de nouvelles depuis si longtemps, mais j'ai besoin de ce service, comme je te l'ai dit hier, et je ne peux pas le demander à n'importe qui.

— T'inquiète, ça me fait plaisir. Ce n'est pas la première fois que je fais une copie, tu sais…

— Je sais bien, mais là c'est spécial.

— Un porno ? Un truc zoophile ? gloussa Christophe.

— Je ne déconne pas. C'est un document politique dans un sens, enfin géopolitique plutôt, et quelqu'un que je connais est persuadé que sa vie est en danger à cause de cela. Et j'ai plutôt tendance à le croire, il n'a pas l'air d'un mythomane. Je comprends que cela paraisse dingue…

— *No problemo*, Fred. Moi, je te crois. Je te fais ça fissa.

Il se dirigea vers le salon où ils avaient passé tant de temps. Rien ne semblait avoir changé. Il était juste plus encombré qu'avant. Tous deux s'assirent sur le canapé. Un chat roux et blanc vint se frotter contre leurs jambes. Frédéric reconnut Stanley (à cause de Kubrick, bien sûr). Il avait grossi, Christophe aussi, d'ailleurs.

Trois magnétoscopes se chevauchaient sous le poste de télévision. L'un d'eux pouvait lire les Betacam, format supplanté par la VHS, mais dont Christophe possédait encore des vidéos. Il demanda la cassette à copier, en prit une vierge et les glissa dans les appareils tout en allumant la télévision. L'enregistrement était lancé. Au bout de trois secondes, une pièce vide, occupée d'une simple table et de trois chaises, apparut sur l'écran. Le grain de l'image était grossier, la couleur semblait hésiter entre le jaune et un noir et blanc légèrement sépia. En haut à droite, une date et une heure s'affichaient tandis qu'une horloge égrenait minutes et secondes. La scène datait de septembre 1991 et avait été filmée par une caméra fixe. Une scène sans acteurs jusqu'à ce que, de la seule porte visible depuis la prise de vues, entrent trois hommes en costume qui s'installèrent autour de la table. Ils ressemblaient à des représentants de commerce vieillissants, deux s'assirent face à face, le troisième – muni d'une mallette – resta debout dos à la porte comme s'il s'apprêtait à arbitrer un débat.

Les deux hommes assis échangèrent en allemand. Ni Christophe ni Frédéric ne comprenaient ce qu'ils disaient. Celui à la mallette, qui s'était tu jusqu'alors, en extirpa des documents, qui passèrent de l'un à l'autre. L'homme sur la gauche, plus râblé et légèrement bedonnant, agitait parfois les mains, dans une attitude qui semblait trahir un enthousiasme certain. En face de lui, l'autre souriait et abondait tandis que l'arbitre opinait du chef et ricanait.

— Y a pas beaucoup d'action, dans ton film, osa Christophe au bout de dix minutes de silence partagé. C'est du Ozu filmé en plongée…

— Oui, si tu veux, répondit Frédéric.

Maric lui avait parlé de trafic d'armes. C'est cela que devaient évoquer ces hommes aux allures de bons pères de famille. Frédéric ne pouvait savoir que sous ses yeux conversaient un représentant du parti nationaliste croate HVO, futur ministre de la Défense de la Croatie indépendante, et l'un des responsables des services secrets allemands, sous l'égide d'un intermédiaire hongrois appointé par la CIA. Il était question d'armes lourdes, de chars, d'obus, de mortiers et d'autres matériels militaires nécessaires pour la guerre à venir. Une part de l'avenir de la Yougoslavie se jouait sur ces images. Des milliers de vies et de morts, des destructions, des massacres, des exils en découleraient. Bien sûr, d'autres acteurs et d'autres camps échafaudaient ailleurs, peut-être au même moment où avaient été filmées ces images, des stratégies tout aussi mortifères, mais cette cassette témoignait de l'implication directe de l'Allemagne et indirectement des États-Unis dans la future explosion d'un pays dont les conflits occupaient depuis bientôt deux ans les chancelleries et les médias d'une grande partie du monde.

Au bout de quarante-deux minutes, les deux hommes se levèrent, se saluèrent puis quittèrent la pièce à l'invitation du troisième. Un fond noir conclut la séquence. Christophe, qui s'était absenté pour aller chercher un Coca et manger une part de pizza dans la cuisine, revint.

— Hop, c'est dans la boîte, dit-il en éjectant la cassette du magnétoscope. T'as besoin de rien d'autre ?

— Non, c'est bon, je te remercie encore, répondit Frédéric en rangeant la cassette originale et la copie dans son sac à dos.

Il était sur le point de partir quand trois coups secs à la porte d'entrée de l'appartement interrompirent leurs promesses de se revoir bientôt.

— Tu attends quelqu'un ?

— Non, personne.

8

Toulouse, rue des Filatiers
15 mars, 21 heures

— Oui, c'est quoi ? demanda Christophe en s'approchant de la porte.

— C'est les pompiers, vos voisins du premier ont eu une inondation, on voudrait accéder à votre arrivée d'eau…

— Attends, n'ouvre pas, chuchota Frédéric. Je trouve ça bizarre. On n'a rien entendu depuis tout à l'heure.

— Une seconde, une seconde, j'arrive ! répondit Christophe avant de rassurer son ami : Écoute, je crois qu'il n'y a pas à s'inquiéter, mais, si tu préfères, tu peux sortir par l'autre patio, celui à côté de ma chambre. Ce sont les parties communes de l'immeuble de derrière, je passe par là pour aller chercher le chat quand il part chez les voisins. Tu prends le couloir sur la gauche et tu ressors rue des Filatiers, juste avant la place des Carmes…

— OK, je te rappelle tout à l'heure, conclut Frédéric avant de filer vers le patio.

Une nouvelle salve de coups s'abattit sur la porte.

— Vous êtes là, monsieur, on peut entrer ? On en a pour deux minutes…

— Oui, oui, je vous ouvre ! lança Christophe en s'assurant que Frédéric avait eu le temps de s'éclipser.

Malgré l'obscurité, Frédéric ne chercha pas un hypothétique interrupteur dans la cour. Il repéra le couloir une quinzaine de mètres devant lui et s'y engouffra en courant. Arrivé devant la porte donnant accès à la rue des Filatiers, il paniqua : la porte n'avait pas de poignée et il ne trouvait pas de bouton d'ouverture automatique. Il alluma la lumière du couloir et découvrit enfin le bouton, un mètre derrière lui à côté des boîtes aux lettres. Ces trente ou quarante secondes lui parurent avoir duré des heures. Son dos ruisselait de sueur. Dans la rue, l'air frais le glaça et il pressa le pas vers la place des Carmes.

En se retournant, il ne vit rien de particulier devant l'entrée de la résidence de Christophe. Juste un couple, un SDF assis auprès d'un chien, mais pas le moindre véhicule de pompiers. Il était 21 heures, le bar du Matin avait fermé et la place des Carmes était inhabituellement calme et déserte. Frédéric décida d'en faire le tour à trois reprises, à petits pas, pour tuer le temps avant de téléphoner à Christophe depuis la cabine téléphonique située en face du Diagonal, café et bar de nuit branché où il avait eu ses habitudes. Si des pompiers vérifiaient chez lui toutes les canalisations, mieux valait attendre un peu.

Au deuxième passage devant Le Diagonal, il ne résista pas à l'appel du café de sa jeunesse perdue. Il poussa la lourde porte en fonte et en verre. La salle était presque vide, quatre garçons occupaient une table et un type, au bar, buvait ce que Frédéric estima être une caïpirinha. Il commanda la même chose. Le mélange de cachaça, de glace pilée et de sucre l'apaisa pendant que le dernier album d'Arrested Development retentissait dans le bar. Il fut tenté d'en prendre une autre, jugea préférable de ne pas se laisser engourdir par l'alcool. Après avoir laissé la glace fondre dans le verre et déposé douze francs sur le comptoir, il regagna la place des Carmes en direction de la cabine téléphonique.

Il tomba sur la messagerie de Christophe et raccrocha. Il appela à nouveau deux minutes plus tard, sans plus de succès. Maintenant, il craignait de reprendre la rue des Filatiers, de passer devant chez Christophe et plus encore de sonner chez lui. Il pressentit quelque chose de grave, imagina un passage à tabac ou un enlèvement, pour ne pas envisager le pire. Celui-ci n'était pas certain. Il s'engagea dans la rue du Languedoc puis dans la rue Alsace-Lorraine pour rentrer chez lui. Le flot des voitures et des autobus, le va-et-vient des passants le rassuraient. Pour ressentir encore cette présence humaine, il fit un détour par la place du Capitole où brillaient la façade de la mairie et les lumières des bars sous les arcades et reprit la rue Alsace-Lorraine, plus éclairée que la rue Rémusat, pour rejoindre son appartement.

Arrivant par le trottoir de droite de la rue Raymond-IV, Frédéric s'apprêtait à traverser quand il jeta par habitude un regard vers les fenêtres de son appartement, au second étage du petit immeuble où il logeait depuis trois ans. Les volets intérieurs des trois fenêtres étaient rabattus et tous laissaient filtrer de la lumière. Il recula derrière une camionnette garée tout près. Ses yeux ne quittèrent pas les fenêtres pendant trente secondes. La lumière dans sa chambre s'éteignit, celle du salon non. Sans plus attendre, il se précipita vers l'hôtel Raymond-IV, situé presque en face de son immeuble. Il demanda une chambre simple pour une nuit au jeune homme de garde, lequel l'informa que le paiement d'avance était exigé pour une réservation de si courte durée. Frédéric régla les cent trente francs par carte.

— Excusez-moi, serait-il possible d'avoir une chambre donnant sur la rue, s'il vous plaît ? demanda-t-il alors que l'homme lui tendait une clé lestée d'un pommeau.

Surpris, le garçon se figea l'espace d'un instant, sans pour autant souligner que d'habitude les clients réclamaient une chambre côté cour pour ne pas être gênés par le bruit de la circulation ou le passage des camions-poubelles.

— Bien sûr, monsieur. Un instant.

— Je vous remercie.

Muni de sa nouvelle clé, Frédéric accéda par l'ascenseur à la chambre 27. Il alluma, posa son sac à dos sur le lit puis sa veste. Une télévision était accrochée en face du lit, mais il opta pour un autre spectacle. Prenant soin d'éteindre, il tira les rideaux de la fenêtre de droite et observa son appartement situé presque au même niveau. Hélas, les volets des fenêtres de l'appartement et son angle de vision, environ à trente degrés, l'empêchaient de voir si le salon ou la chambre étaient allumés. Le ou les individus qui l'attendaient chez lui étaient-ils partis ? Il prit la chaise placée sous un petit bureau en bois et s'assit derrière la fenêtre, guettant entrées et sorties dans son immeuble.

Bien que concentré sur sa cible, son esprit bouillonnait. Il songeait à Christophe, à Maric, aux hommes vus sur la cassette vidéo, à cette menace invisible mais bien réelle peut-être postée à quelques dizaines de mètres de lui. L'idée qu'il était à l'abri dans cette chambre et pourrait peut-être apercevoir d'un moment à l'autre le ou les visages des intrus le rasséréna. Il pensa à *Fenêtre sur cour* de Hitchcock, Christophe aurait aimé cette référence, même si en l'occurrence il ne surveillait pas ses voisins mais son propre appartement. Trente minutes étaient passées depuis qu'il avait pris possession de la chambre. Frédéric avait soif, mais ne voulait pas quitter son poste. L'envie de fumer le tenaillait aussi, mais là encore pas question d'aller chercher les cigarettes dans la poche de la veste. Quelques instants d'inattention pouvaient réduire à néant sa surveillance.

Il était un peu plus de 22 heures quand la porte de son immeuble s'ouvrit de l'intérieur. Deux silhouettes s'en échappèrent pour filer vers la place Jeanne-d'Arc.

Deux hommes vêtus de noir, des survêtements, supposa-t-il, et coiffés de casquettes, noires également. Ils n'avaient guère l'allure d'hypothétiques invités des autres habitants de l'immeuble : une retraitée au rez-de-chaussée, deux étudiantes en colocation au premier et un jeune couple avec un bébé au troisième. À la rigueur, il aurait pu penser aux étudiantes si celles-ci n'étaient pas autant absorbées par leur première année de médecine, qui ne semblait pas tolérer le moindre écart.

Maintenant, un mélange de soulagement et de déception s'empara de Frédéric. Tout ça pour ça ? Deux silhouettes aperçues quelques secondes ? Pouvait-il s'agir des pseudo-pompiers de chez Christophe ? Possible, probable même. Il résista à l'envie d'appeler une nouvelle fois son ami, but de longues lampées d'eau dans la salle de bains puis se déshabilla, ne conservant que son caleçon pour se coucher. Évidemment, le sommeil ne vint pas. Il prit le cendrier sur le bureau et fuma une cigarette dans le lit. Que se passait-il ? Que se passait-il vraiment ? se demanda-t-il en allumant une deuxième cigarette. Il avait envie de pleurer et d'être consolé, comme un petit enfant, mais il n'était plus un petit enfant. Juste un prof de fac trentenaire dépassé et englué dans une histoire qui n'aurait jamais dû le concerner. Au bout d'une heure, la fatigue nerveuse vint à bout de Frédéric, qui plongea dans un demi-sommeil en se répétant que les hommes entraperçus étaient sûrement ceux qui avaient tambouriné à la porte de Christophe un peu plus tôt.

Sur ce point, il se trompait. Ce n'était pas les mêmes hommes. Bien sûr, il ne pouvait pas le savoir. Pas plus qu'il ne pouvait savoir que les deux faux pompiers étaient entrés dans l'appartement de son ami en administrant, pour le premier, une manchette dans la mâchoire de Christophe, tandis que le second lui enfonçait un couteau à lame courte, évoquant celui d'un écailler, dans la gorge. Le malheureux était mort presque aussitôt. Les faux pompiers avaient fouillé partout, s'étaient vite rendu compte que les magnétoscopes vides étaient encore chauds, avaient passé les cassettes vidéo en revue pour le principe, puis laissé derrière eux un peu plus de désordre, de façon à simuler un cambriolage qui aurait mal tourné.

Quelques minutes après leur départ, le chat Stanley était sorti de sa cachette, sous le lit de son maître. Il s'était dirigé vers le cadavre, avait lapé un peu de la grosse flaque de sang en prenant garde de ne pas y tremper ses pattes, avait secoué la tête comme s'il allait éternuer puis était parti en trottinant retrouver sa gamelle d'eau dans la cuisine.

9

Toulouse, place du Capitole
16 mars, 11 h 30

Jérôme Gerbier arriva à Toulouse par un vol d'Air France atterrissant à l'aéroport de Blagnac à 11 heures. Vingt minutes plus tard, un taxi le déposa devant le Holiday Inn de la place du Capitole. Durant le vol, il avait relu une nouvelle fois son planning, le dossier en cours, et il avait même eu le temps de laisser vagabonder son esprit sur cette ville dont il ne connaissait rien ou presque. Toulouse ? L'aéronautique et l'espace, le Stade toulousain et ses titres de champion de rugby, Claude Nougaro, la violette, le cassoulet peut-être. À moins qu'il ne s'agisse de Montauban ? Peu importait. Ah oui, il y avait le maire, aussi : Dominique Baudis, élu dix ans plus tôt. Un mélange de JFK et de Jean Lecanuet, une image de gendre idéal. Avant cela, il avait été grand reporter et blessé lors de la guerre au Liban. Cela forçait le respect. Ensuite, il avait présenté le journal télévisé de TF1 avant de se lancer en politique, où il avait pris la succession de son père, Pierre, qui avait été à la tête de la ville pendant plus de dix ans. La province restait la province, avec sa consanguinité et ses héritages.

En sortant de l'hôtel, Jérôme Gerbier consulta son plan de la ville et estima qu'il avait le temps de se rendre à pied au commissariat central, boulevard de l'Embouchure, où étaient installés les Renseignements généraux et où il avait rendez-vous avec l'officier Jacques Fernandez à 12 h 30. Il prit la rue du Taur, s'arrêta un moment devant une librairie ancienne dans la vitrine de laquelle il repéra un Paul Morand, arriva sur une place où trônait une majestueuse cathédrale. « Saint-Sernin », indiquait le plan. Derrière la cathédrale, une petite rue peuplée de commerces tenus par des Maghrébins le conduisit sur une nouvelle place où des dealers attendaient leurs clients. Quitte à rallonger un peu le trajet, il choisit le chemin le plus simple : une avenue devant lui qui dévoilerait, à deux cents ou trois cents mètres sur sa gauche, le commissariat.

Le bâtiment était neuf et en imposait : rose bien entendu, horizontal, précédé d'une vaste esplanade. Gerbier s'annonça à l'accueil, on lui donna un badge à fixer sur sa veste et on le dirigea vers le hall, où un nouvel agent l'accueillit. Celui-ci passa un coup de fil, la serrure d'une porte vitrée se libéra et on l'invita à se rendre au bureau au fond du couloir. « J. Fernandez. B1 », annonçait une plaque sur la porte. Il frappa, un homme ouvrit et l'invita à entrer.

— Jacques Fernandez, enchanté. Je vous en prie, asseyez-vous. Vous avez un portemanteau ici…

Gerbier le remercia, accrocha son imper et prit place dans un fauteuil en skaï noir qui s'affaissa dans un sifflement. Les RG faisaient fantasmer, songea Gerbier en se remémorant ses propres idées reçues de jeune homme. On imaginait une sorte de police politique constituée d'agents et d'indics infiltrés un peu partout : dans les partis politiques, les syndicats, les associations, les facultés, les loges maçonniques, le banditisme, la presse… On supposait leur présence au sein des manifestations, des réunions publiques, dans les cafés en train d'épier et de noter les faits et gestes de tout un chacun afin d'établir de longues fiches sur les citoyens. Il y avait une part de vrai dans ces mythologies, mais la réalité était plus banale. Leur travail s'apparentait plus à celui d'un journaliste qu'à celui d'un espion prêt à tous les coups tordus.

Jacques Fernandez n'avait pas l'air d'un rond-de-cuir. Malgré son rôle d'officier traitant chapeautant la surveillance des cercles politiques – au sens large – sur le département et la région, il conservait l'allure d'un homme de terrain, ce qu'il devait aussi être. Âgé de quarante-cinq ans environ, il portait une chemise à carreaux sous une veste noire en velours, un jean et des baskets – tenue qui contrastait avec la veste en tweed, la cravate et les mocassins de Gerbier. Des moustaches et des lunettes rectangulaires achevaient de le faire ressembler à n'importe qui : un prof de collège, un agent de la poste, un buraliste… Parfait camouflage, se dit Gerbier.

Après avoir proposé un café à son hôte, qui le refusa en apercevant le jus qui devait mijoter dans la cafetière depuis les premières heures de la matinée, Fernandez se lança dans un exposé de la situation générale. Ici, c'était d'abord les mouvements d'extrême gauche, très divers, qui concentraient l'attention sur eux. Action directe avait eu dans les années soixante-dix et quatre-vingt de solides attaches dans le coin, des groupuscules autonomes et anarchisants étaient assez actifs, les connexions avec l'ETA étaient réelles, mais elles avaient baissé d'intensité en même temps que le conflit opposant les séparatistes basques aux gouvernements espagnol et français. Un héritage politique, venu de certains Espagnols qui avaient choisi l'exil pendant la guerre civile de 1936 puis pendant le franquisme, s'était enraciné dans la ville et dans la région. Bref, le fond de l'air était rouge. Les groupes d'extrême droite, quant à eux, étaient plutôt marginaux, tout en comptant dans leurs rangs quelques « fortes personnalités » – selon l'expression de l'officier. Par ailleurs, des militants et des groupes islamistes, majoritairement algériens et liés à la guerre civile ravageant leur pays, inquiétaient les autorités. On gardait un œil sur eux.

Concernant les enjeux stratégiques, l'aérospatiale et l'aéronautique intéressaient les Chinois et les Américains, mais les RG ne jouaient à l'occasion qu'un rôle d'appoint dans ces domaines. Enfin, à propos de la situation en Yougoslavie, il n'y avait pas grand-chose, selon Fernandez. Il prit le temps de préciser sa pensée :

— La petite communauté locale a bien été rejointe par des exilés fuyant le conflit, mais il s'agit essentiellement d'intellos, d'artistes, de gens qui ont les moyens de se barrer de ce bordel, si vous me passez l'expression. Ensuite, il y a deux ou trois étudiants de chez nous, catholiques intégristes ou néofascistes, inscrits à la fac de droit et à Sciences Po Toulouse, qui disent vouloir aller se battre auprès des nationalistes croates contre les Serbes. Bon, au regard de leur pedigree, ce ne sont pas des Rambo. Ils risquent plus de se coincer un doigt dans une gâchette que de tuer quelqu'un. On les suit quand même, au cas où… Pas de café, c'est sûr ?

Fernandez suscitait une sympathie spontanée. Pas de manières, pas de poses. Une expression simple et directe. Il consultait à peine la chemise ouverte sur son bureau et l'ordinateur ne lui était d'aucun secours. Il en vint à ce qui intéressait vraiment l'agent de la DGSE :

— Quant à votre professeur, Frédéric Berthet, rien de spécial. Profil lisse, pas d'engagement politique connu, bien que sa fac soit un bon terrain pour la gauche et l'extrême gauche, casier vierge, même pas un fumeur de joints, reprit-il. Cela dit, en jetant de plus grands filets, j'ai découvert que son père avait été résistant puis un important ingénieur dans l'aéronautique. Il a travaillé notamment pour la Défense, a côtoyé par là même certains responsables politiques et militaires. Il est mort en…

Il prit une feuille dans la chemise.

— … 1987. A priori, rien à voir avec votre affaire.

Intéressant, il faudra fouiller de ce côté, se dit Jérôme Gerbier, qui pensa avoir tout tiré de son interlocuteur puisqu'il n'avait pas mentionné Zlatko Maric dans les demandes d'informations soumises aux RG locaux. Le nom de Frédéric Berthet lui avait été donné par Maréchaux. Il s'agissait d'un jeune universitaire en contact « étroit » avec Maric. Bref, l'homme qui pouvait le mener au Croate.

— Avez-vous des questions ? En quoi puis-je vous être utile ? demanda Fernandez.

— Non, c'est parfait et très complet, me semble-t-il, répondit Gerbier, qui regardait sur le mur face à lui une affiche du film *Uranus* de Claude Berri, seule touche de fantaisie dans ce petit bureau aseptisé.

Fernandez remarqua l'intérêt de son hôte.

— Marcel Aymé, j'ai tout lu. Vous connaissez ?

— Je l'ai lu moi aussi, répondit Gerbier sans mentir.

— On n'en fait plus, des écrivains comme lui, non ? dit l'officier des RG en se levant.

— C'est possible, je le crains, commenta Gerbier se levant à son tour. En tout cas, merci pour votre disponibilité. Je récupérerais volontiers vos informations sur les jeunes Français qui veulent aller se battre en Croatie et sur le père de Frédéric Berthet.

— Pas de problème, je peux vous mettre ça au propre cet après-midi. Je vous transmets les documents où et comment ?

— Pas besoin d'envoyer cela à Paris. Si vous pouvez me les faire déposer à mon hôtel vers 18 heures, je suis au Holiday Inn, place du Capitole.

En sortant du commissariat central, Gerbier regarda sa montre. 13 h 25. Il avait faim. Son rendez-vous téléphonique avec Maréchaux n'était qu'à 17 heures. Il regagna la place du Capitole par le même chemin qu'à l'aller. Sous les arcades, les brasseries ne proposaient plus de plats du jour à partir de 14 heures. La province… maugréa-t-il in petto. Au Florida, il dut se contenter d'un croque-monsieur et d'une salade apportés par un serveur maussade. Alors qu'il terminait son déjeuner, un homme, la cinquantaine dégingandée avec un faux air de Jean-Edern Hallier, passa devant sa table, le fixa et cria « Ça va mal finir ! Ça va mal finir ! » avant de déguerpir vers la sortie.

— Ne vous inquiétez pas, il est un peu dérangé mais pas méchant, précisa le serveur en débarrassant la table.

Jérôme Gerbier n'était pas inquiet, même s'il ne put s'empêcher de considérer la sentence de l'olibrius comme un avertissement le concernant.

10

Toulouse, place du Capitole
16 mars, 20 h 20

La nuit n'était pas encore tombée quand Gerbier sortit du Holiday Inn et traversa la place du Capitole en passant à nouveau sous les arcades pour se rendre au rendez-vous que lui avait organisé Maréchaux avec un professeur de droit, Jean-Marie Lenoir. Celui-ci était notamment censé l'éclairer à propos des étudiants toulousains qui envisageaient de se rendre en Croatie pour se battre auprès des nationalistes sécessionnistes. D'après les notes remises par Fernandez, ils s'apparentaient à des branquignols sans envergure. Il convenait toutefois de s'en assurer. Les informations sur le père de Frédéric Berthet étaient plus stimulantes, mais il s'occuperait de cela plus tard. En prolongement des arcades, la rue des Lois – comme son nom pouvait le laisser supposer – menait à la faculté de droit. C'est dans un café, Le Peyrou, juste à côté de la vieille université qui avait engendré des générations de prestigieux juristes, que le professeur Lenoir lui avait donné rendez-vous.

Gerbier n'eut pas besoin qu'on lui explique que Le Peyrou était depuis plusieurs décennies le repaire de l'extrême droite locale, particulièrement estudiantine, pour s'en apercevoir. Longeant le zinc où des jeunes à cheveux courts, engoncés dans des bombers verts ou noirs et chaussés de rangers, éclusaient des demis, il parcourut du regard les tables avoisinantes, où s'agglutinaient d'autres jeunes à même profil : quelques étudiantes BCBG que les foulards Hermès et le maquillage vieillissaient de quelques années et des garçons d'une élégance aussi calculée que légèrement surannée – vestes croisées, pochettes colorées, foulards enfouis dans les cols de chemise et derbies cirés. Arrivé au fond de la salle, il se dirigea vers la seule table occupée par un client solitaire, qui devait être Jean-Marie Lenoir, unique quadragénaire du lieu.

— Monsieur Gerbier, je suppose, dit celui-ci en se levant et en soulevant légèrement un feutre noir dévoilant une calvitie avancée.

Sa poignée de main était molle et moite.

— Merci de m'accorder un peu de votre temps, monsieur Lenoir.

— Ce cher Maréchaux m'a confié… (il baissa un peu la voix) que vous cherchiez des informations sur nos apprentis mercenaires. Voyez-vous, je connais ces petits sacripants, du moins deux d'entre eux, qui suivent mon cours de droit constitutionnel, poursuivit-il en gloussant.

Une tafiole, se dit intérieurement Gerbier en fixant le visage pâle constellé de taches de rousseur qui lui faisait face. Avec son chapeau, son costume beige en avance sur la saison dont la veste arborait une broche en forme de Sacré Cœur, sa cravate noire en tricot et sa chevalière énorme à la main gauche, Lenoir semblait sortir d'une autre époque, très « vieille France », comme l'on disait parfois.

Un serveur s'approcha de la table. Gerbier commanda un Martini rouge, le professeur un autre thé vert.

— Oui, exactement, j'aurais besoin d'informations. Que pouvez-vous m'apprendre sur eux ? Sont-ils sérieux ? Ont-ils des contacts, à votre connaissance, en Croatie ?

— Vous savez, ce sont surtout de jeunes romantiques. Ils ont peut-être un peu trop lu D'Annunzio, Jünger, Drieu ou Brasillach. Ils rêvent d'action, de mettre leur peau au service de leurs idées. Voici dix ans, ils se seraient engagés dans les rangs des phalangistes au Liban. Aujourd'hui, c'est la cause croate, dans sa version oustachie, qui les attire. Je n'approuve pas, vous savez, j'ai dit à ces deux garçons de finir leur licence, mais que voulez-vous…

Jean-Marie Lenoir se lança dans un exposé dressant une généalogie de l'extrême droite à Toulouse depuis la guerre d'Algérie : OAS, Action française, Occident, Ordre nouveau, Œuvre française, JNR, PFN, FANE, Front national… Était-ce l'effet du second Martini, de la logorrhée du rouquin ou des deux à la fois ? Gerbier avait la tête qui tournait, avec cette succession de mouvements et d'acronymes propices à de nombreuses digressions mettant parfois en scène Lenoir lui-même qui – si un doute subsistait – n'avait pas qu'une connaissance purement abstraite du fascisme ou du néofascisme.

Gerbier avait besoin de manger. Le Peyrou proposait quelques plats, il choisit une salade de gésiers, Lenoir l'accompagna avec un steak à cheval qu'il dévora en saisissant les frites de sa main à chevalière. Cette pause permit à Gerbier de reprendre la main :

— Concrètement, ces deux étudiants dont vous me parliez sont-ils en mesure de se rendre sur le théâtre des opérations ? Par quels moyens ?

— Mes deux étudiants ont un ami, bizarrement, inscrit à l'université du Mirail, mais qui est en relation, semble-t-il, avec un homme qui se serait battu en Afrique... ne me demandez pas où ! pouffa-t-il en levant les yeux au ciel, en tant que mercenaire. Et cet homme leur aurait fait miroiter la possibilité d'intégrer un groupe paramilitaire où serviraient des volontaires étrangers, dont des Français.

Lenoir ne paraissait pas être un affabulateur et, dans ce cas il en savait apparemment plus que les RG locaux. Maréchaux avait eu une bonne intuition. Un jeune homme aux cheveux noirs plaqués en arrière par une couche de gel, vêtu d'un blazer bleu marine à écusson et de l'inévitable foulard, passa à côté de leur table et s'arrêta pour saluer Lenoir.

— Cher professeur, comment allez-vous ?

— Très bien, je vous remercie, répondit celui-ci en finissant d'engloutir sa dernière frite.

L'homme dévisagea Jérôme Gerbier en souriant.

— Laissez-moi vous présenter un ami parisien, M. Gerbier, ajouta l'universitaire en répondant à l'attente non formulée de l'inconnu.

— Enchanté, monsieur Gerbier, bon séjour dans notre ville, dit ce dernier avant de rejoindre le comptoir.

— Un ancien étudiant. Il a monté un snack voici deux ans, juste à côté, dans la rue des Lois, qui ne désemplit pas. Comme on dit, le droit mène à tout !

— Et lui, quel est son blason ?

— Œuvre française, répondit Lenoir avec la célérité d'un candidat de *Questions pour un champion*.

— Pourriez-vous me trouver le nom de l'homme que vous avez mentionné, le mercenaire ayant servi en Afrique ?

— A priori, oui.

— Je vous en remercie par avance.

Jérôme Gerbier régla les consommations et prit la carte que lui donna le professeur avec ses numéros de téléphone personnel et professionnel et de son fax. Devant le café, Lenoir fit des adieux pleins d'obséquiosité et Gerbier regagna, soulagé et seul, la rue des Lois. Au bout d'une cinquantaine de mètres, il eut la confirmation de son intuition. Deux silhouettes – l'une d'un mètre quatre-vingt-cinq environ, l'autre d'un mètre soixante-dix – le filaient depuis le trottoir opposé. Les deux fumeurs qu'il avait entraperçus quelques minutes auparavant derrière Lenoir et lui quand ils se quittaient. Il s'arrêta pour allumer une cigarette et laisser les suiveurs arriver à son niveau. Les deux jeunes, vêtus de bombers kaki, traversèrent dans sa direction.

— Vous avez du feu, s'il vous plaît, monsieur ? demanda le grand, un blond avec une barbe bien coupée, en se postant sur sa gauche tandis que le plus petit, les cheveux noirs et ras, plutôt costaud, se mettait devant lui.

Gerbier jeta sa cigarette, plongeait la main gauche dans la poche de son imper quand le blond lança :

— Vous avez des questions ? On peut vous renseigner peut-être…

— Qu'est-ce que tu cherches, le fouille-merde ? renchérit son partenaire en levant sa main droite, ornée d'un coup-de-poing américain.

— On se calme, les gars, je ne veux pas de problèmes, répondit Gerbier, à la grande satisfaction des deux jeunes, qui savouraient déjà la peur qu'ils croyaient instiller.

— Tu fais moins le curieux là, hein ? dit le blond, à quelques centimètres du visage de sa victime.

Le coup de tête le prit par surprise, son nez craqua en laissant échapper un filet de sang. Portant les mains à son visage, il recula en chancelant. Le râblé envoya une droite, qui frappa le vide. Gerbier lui saisit le bras, le tordit tout en le faisant chuter d'une balayette. L'autre tenta de se relever, mais Gerbier l'empoigna des deux mains par son bomber et le projeta contre une voiture garée le long du trottoir. Sa tête heurta le pneu avant. Rien de méchant, juste de quoi le sonner un moment.

Le blond s'était replié, toujours titubant, vers le trottoir opposé, il crachait au sol un mélange de sang et de morve en jurant :

— Putain, putain… Enculé de fils de pute…

— Bande de baltringues, soupira Gerbier, qui en resta là et reprit sa route en direction de l'hôtel.

Arrivé place du Capitole, il alluma une autre cigarette et regarda le ciel. Des gouttes de pluie lui répondirent. À la réception de l'hôtel, alors qu'il récupérait la clé de sa chambre, l'employé de service lui tendit une enveloppe. À l'intérieur se trouvait un fax.

« Appelez-moi dès que vous pouvez. Urgent. GM. »

11

Toulouse, rue Raymond-IV
17 mars, 7 heures

Durant la nuit, Frédéric rêva de Christophe, mais n'en garda aucun souvenir au réveil. Dans un sens, c'était préférable car il aurait pu ensuite voir dans ces songes des prémonitions, peut-être même une forme de communication avec les défunts qui ne l'aurait en rien aidé à mettre de l'ordre dans son esprit.

Il se réveilla d'un bond à 7 heures, surpris d'avoir si bien dormi. Après une douche, il enfila ses vêtements de la veille et descendit avec son sac à dos à l'accueil, où une jeune femme avait remplacé le garçon de la veille. Il renouvela la chambre pour une nuit et prit un petit déjeuner dans une salle où deux commerciaux devisaient, attablés autour de viennoiseries et de cafés brûlants. Au buffet, Frédéric se contenta d'un jus d'orange et d'un café qu'il but sur une table près de la baie vitrée donnant sur la rue Raymond-IV. En ramenant son plateau, il glissa une pomme dans son sac. Une boule lui nouait le ventre et la gorge. Il devait aller à son appartement tout en craignant qu'un ou des inconnus ne l'y attendent. Cela ne servait à rien de repousser d'une heure ou deux cette tâche. La peur était là, il fallait l'affronter.

En grimpant les escaliers jusqu'au deuxième, il tenta de repérer un détail inhabituel, un indice pouvant le renseigner – espoir assez vain mais compréhensible. Il monta les dernières marches le plus silencieusement possible. Devant la porte, il prit sa respiration avant d'introduire la clé dans la première serrure. Celle-ci, comme la seconde, n'était pas fermée. Poussant lentement la porte, qui ne présentait pas de marque d'effraction, il s'arrêta sur le seuil quelques secondes puis s'engagea dans le couloir en direction du salon.

La petite pièce avait été intégralement fouillée, ainsi que la chambre et la pièce plus grande faisant office de salle à manger. Même la salle de bains et la cuisine n'avaient pas échappé au zèle des visiteurs. Des monceaux de VHS, de livres, de vêtements jonchaient le sol ainsi que des tas de documents administratifs, bulletins de salaire, relevés de compte, des magazines, des photographies, des lettres et des cartes postales, dont certaines qu'il ne pensait pas avoir conservées. Placards, tiroirs, penderie, armoire à vaisselle, bagages : tout avait été vidé et examiné méticuleusement. Le canapé et le lit avaient été retournés, sans être éventrés, nota-t-il, se souvenant que dans les films ce détail ajoutait au sordide de la situation. Il n'en éprouva pas moins des nausées tandis que ses pieds se frayaient un chemin dans ce capharnaüm. Dans la cuisine, il but au goulot de l'eau minérale puis fourra des chemises, chaussettes et caleçons pour plusieurs jours dans son sac. Son cœur battait encore la chamade quand il sortit de l'appartement, dont il ferma par réflexe les deux serrures même s'il n'accordait plus désormais à celles-ci la moindre vertu protectrice.

Dans la rue, il hâta le pas vers le square Charles-de-Gaulle. Il avait encore deux ou trois choses à régler avant de regagner l'hôtel et aurait pu s'en occuper aux alentours. Mais il avait besoin de marcher, de sentir l'air frais sur son visage et dans son cou, de croiser des vivants, de voir la lumière du jour, d'avoir le sentiment de pouvoir reprendre une vie normale, de s'asseoir sous le premier abribus venu et d'appeler à l'aide si besoin. Vaine illusion. Il fallait tenir bon, ne pas s'affoler. À l'un des distributeurs extérieurs de la grande poste de la rue Lafayette, Frédéric retira mille francs. En face, à la maison de la presse, il acheta deux cartes téléphoniques de quarante unités, un carnet de tickets de bus et un paquet de Chesterfield light.

D'une cabine, il téléphona chez Christophe. Toujours le répondeur. Il était presque 9 heures, la circulation vers l'université du Mirail se fluidifiait à ce moment-là. Si le bus 148 ne se faisait pas trop attendre, il serait dans son bureau de la fac dans trente minutes. Le long bus à soufflets ne tarda pas et Frédéric put trouver une place assise, ce qui aurait été un luxe encore quarante-cinq minutes plus tôt. Ce trajet qu'il connaissait par cœur l'apaisa. Son regard se perdait à travers la fenêtre sans qu'il voie réellement le décor familier qui se déroulait sous ses yeux. Au bout d'un moment, il se sentit observé. Un type debout, trois mètres devant lui face à la porte du fond, le fixait. Sous la casquette, il reconnut l'un de ses étudiants de deuxième année, auquel il adressa un petit signe de tête. L'étudiant répondit de la même façon.

Enfin, le bus déversa la majorité de ses passagers devant la faculté. Moins de dix minutes plus tard, Frédéric accédait à son bureau dans l'UFR de lettres modernes. Il partageait cette pièce d'une quinzaine de mètres carrés avec l'un de ses collègues récemment nommé. Deux bureaux en fer fatigués se faisaient face, entourés d'une armoire commune et d'un mur d'étagères. Cela suffisait largement, Frédéric préférant travailler chez lui ou dans des cafés du centre-ville dès qu'il le pouvait et n'utilisant l'endroit que pour des rendez-vous avec des étudiants. Dans le second tiroir de son bureau, il trouva ce qu'il était venu chercher : son vieux répertoire téléphonique de la Pléiade, un petit cadeau offert par la prestigieuse collection à ses bons clients.

À peine avait-il glissé le répertoire dans la poche intérieure de sa veste qu'on frappa à la porte du bureau. Frédéric n'eut pas le temps de répondre, un homme entrait déjà.

— Bonjour, vous êtes Frédéric Berthet ?

— Que voulez-vous ?

— Jérôme Gerbier, je travaille pour la DGSE, la Direction générale de la sécurité extérieure. Écoutez, je vais faire court afin que nous gagnions du temps.

Il enchaîna :

— Je sais ce que vous savez : votre étudiant, Zlatko Maric, est impliqué dans un trafic d'armes pour la Croatie, il est recherché car il en détient des preuves, sa vie est en danger et vous l'avez aidé – ce qui est tout à votre honneur. Maintenant, si vous voulez vraiment lui être utile, aidez-moi à le retrouver avant que les méchants ne lui mettent la main dessus. Je pense que la situation est claire et que vous comprenez que nous sommes dans le même camp.

— Je ne suis dans aucun camp.

— Si, vous l'êtes. Ce garçon a mis beaucoup de gens dans le pétrin, outre lui-même bien sûr, et vous êtes de ceux-là. Je suis sur cette affaire depuis moins de trois jours et je vous ai trouvé en vingt-quatre heures.

— Pourquoi ne cherchez-vous pas plutôt Zlatko Maric ?

— Ne faites pas le malin, monsieur Berthet. Nous le trouverons tôt ou tard, mais mieux vaut que ce ne soit pas trop tard. Et ne faites pas la bêtise de mettre un avocat sur le coup. Cela ne ferait que rendre les choses plus compliquées pour Maric, pour vous et pour nous. Tout en facilitant la situation de ceux qui veulent la peau de votre protégé.

— Je comprends, mais je dois réfléchir. Je ne veux pas…

— Réfléchissez vite. Revoyons-nous demain à midi au café de la place Saint-Sernin, vous le connaissez, je crois, et vous n'avez pas cours demain avant 14 heures. Le temps presse. Voici ma carte. Il y a mon numéro de téléphone, où vous pouvez laisser un message, et celui de mon bipeur. Je vous dis à demain, monsieur Berthet, merci de m'avoir reçu et écouté.

Comment savait-il tout cela ? Disons que les RG n'étaient pas les seuls à déployer une action de surveillance ou de veille et que les services français, sans égaler en compétences et en moyens leurs collègues américains, possédaient notamment d'efficaces écoutes téléphoniques.

Pantois, le professeur encaissa le coup de cette intrusion aussi brève que fulgurante. Qui est ce type ? se demandait-il en retournant dans sa main la carte qu'il lui avait donnée. Peu de chances que l'homme ait menti. Il consulta sur le Minitel le numéro du standard de la DGSE. À sa grande surprise, l'agence, dont il connaissait l'acronyme, était référencée et les quatre premiers chiffres des numéros de téléphone correspondaient. Cela n'était pas une preuve absolue, mais ça confirmait son pressentiment. Peu importait, il se conforma à son plan et quitta l'UFR de lettres en espérant ne croiser ni collègues ni personnel administratif. De retour à l'hôtel, il appellerait le secrétariat et prétexterait une grippe pour justifier quelques jours d'absence. Puis, il joindrait Maric et passerait chez Christophe. Se rendrait-il au rendez-vous fixé par le type de la DGSE ? Oui, sans doute. Peut-être que celui-ci pourrait effectivement aider le Croate et permettre à Frédéric de s'extirper de ce guêpier.

12

Toulouse, rue Raymond-IV
17 mars, 12 h 40

De retour au centre-ville, Frédéric regagna aussitôt l'hôtel, où il prolongea une nouvelle fois la réservation de sa chambre pour vingt-quatre heures et consulta à distance son répondeur téléphonique. Pas de messages. À 15 heures, comme prévu, il appela Maric. Absent. Bon sang, où était-il passé ? Frédéric téléphona au secrétariat de l'UFR.

— Peut-être pas une grippe, mais un mauvais rhume en tout cas, expliqua-t-il en toussant.

Il décida ensuite de se rendre au commissariat de la rue du Rempart-Saint-Étienne afin de déclarer l'intrusion dans son appartement. Quoi qu'il arrive, il souhaitait laisser une trace officielle de cette histoire. Au bout d'une demi-heure, un fonctionnaire le reçut et lui dit que des collègues devaient se déplacer afin de constater le délit, mais s'il n'y avait pas de traces d'effraction et si on ne lui avait rien dérobé, cela compliquait les choses. Il pouvait déposer plainte pour violation de domicile…

— Laissez tomber, ce n'est pas la peine, rétorqua Frédéric, qui s'en voulut de ne pas avoir anticipé de telles évidences.

Il se leva en laissant l'agent mi-circonspect, mi-soupçonneux. Frédéric prit la direction du boulevard Carnot, puis des allées Jean-Jaurès et coupa par la place Belfort afin de rejoindre la rue Bayard et se rendre à l'hôtel où logeait Maric. Sur la place où des prostituées attendaient le client, il aperçut l'étudiant en discussion avec un autre homme devant une épicerie. Tout en parlant, ils se mirent en marche et Frédéric les suivit jusqu'à la rue Bayard, une cinquantaine de mètres derrière eux. Devant l'hôtel, Maric serra la main de l'homme, un trentenaire plutôt athlétique, puis lui donna une accolade. Ce dernier s'éclipsa vers le boulevard de Strasbourg, Frédéric pressa le pas et appela Maric avant qu'il ne pénètre dans l'hôtel. Celui-ci tourna la tête et ne sembla pas surpris.

— Je passais voir si vous étiez là, je vous ai appelé à quinze heures…

— Pardon, Frédéric, répondit l'autre en lui serrant la main. J'étais allé déjeuner au McDo de la place du Capitole, j'ai traîné jusqu'aux quais pour me dégourdir les jambes et me changer les idées. Et là, je viens de boire un café à L'Étincelle… Désolé d'avoir raté votre appel, j'allais laisser un message sur votre répondeur.

— J'ai fait des copies des documents et de la cassette. De votre côté, rien de neuf ?

— Non, je me terre à l'hôtel, je ne vois personne. J'attends des instructions de ma famille, je ne sais pas si je dois rester ici, partir…

— Écoutez, il faut qu'on parle au calme. Si on allait boire un verre ?

Frédéric proposa Le Rémusat, l'endroit n'était pas loin, le café disposait d'une vaste salle et de tables espacées. Sur le chemin, il questionna incidemment Maric sur son après-midi afin de s'assurer qu'il lui mentait, du moins par omission en ne mentionnant pas l'homme avec qui il venait de discuter.

Au Rémusat, Frédéric relata les événements survenus depuis la veille : les gens qui voulaient entrer chez son ami Christophe, dont il n'avait plus de nouvelles, la mise à sac de son appartement par les deux types aperçus depuis l'hôtel, la visite et la mise en garde de l'homme de la DGSE.

— Je vous l'avais dit, je sais que je suis en danger, mais cet agent de la DGSE veut peut-être ma peau malgré ce qu'il vous a dit. Je ne peux faire confiance à personne ici, sauf à vous, je crois…

— Et à la personne à laquelle vous avez donné l'accolade tout à l'heure devant l'hôtel, non ? Enfin, j'imagine.

Maric expira sans baisser le regard. Ses mains serraient la tasse de café.

— Je vous remercie, Frédéric, pour ce que vous faites. Bientôt, je ne serai plus dans cette ville et vous n'entendrez plus parler de moi, je vous l'ai dit…

— Non, arrête ton cirque.

Frédéric se surprit de sa propre audace, mais il ne voulait pas être pris pour un imbécile.

— À partir de maintenant, tu joues franc jeu, tu ne me mens plus. Sinon, tu récupères tes trucs, ta cassette et *hasta la vista*…

— Vous avez raison, je suis désolé. Cet homme que vous avez vu est un type de la diaspora qui vit à côté de Toulouse. Il m'a donné des devises – des marks, des dollars, des francs – de la part de ma famille en Croatie. C'est tout. Il a dit qu'il allait se renseigner pour savoir si le gouvernement croate a envoyé des gens pour moi. J'aimerais, s'il vous plaît, que vous gardiez encore les enveloppes deux ou trois jours. Ensuite, je prendrai mes dispositions. Quant à la DGSE, ne leur dites pas où je suis, je vous en prie.

— Rassure-toi, je n'en avais pas l'intention. Mais ce Jérôme Gerbier est bien informé sur ton cas et, comme il l'a souligné, il m'a mis la main dessus en un rien de temps. Les gens qui ont mis à sac mon appartement, aussi. Alors, si tu es menacé, tu ne devrais pas t'éterniser rue Bayard.

— Je sais. Dans quarante-huit heures, au plus tard, je décampe.

— Écoute, j'ai rendez-vous avec Gerbier demain à midi. Retrouvons-nous à 14 heures au monument aux morts. Tu vois où c'est ?

— Oui, je crois…

— Au bout de la rue de Metz, tu ne peux pas le rater. À côté, il y a des allées piétonnes où l'on pourra se voir en toute discrétion. On y va ?

Frédéric régla les deux cafés.

— Quel est ton programme, ce soir ?

— Télévision dans ma chambre, peut-être un kebab à côté de l'hôtel. Et vous ?

— On peut se tutoyer. On vit tous les deux à l'hôtel. Ça crée des liens, non ? lança Frédéric en souriant. Moi, je vais peut-être aller au cinéma pour me changer les idées. Je ne te propose pas de m'accompagner, je pense qu'il est préférable que tu sois le plus discret possible.

Ils se quittèrent rue Raymond-IV. Avant d'entrer dans l'hôtel, Frédéric jeta un regard sur les fenêtres de son appartement avec l'étrange sensation d'avoir changé de vie, en quelques heures, par l'un de ces tours du destin dont on ne sait s'ils sont un signe du ciel ou des ténèbres.

13

Toulouse, place Wilson
17 mars, 20 heures

Finalement, il n'alla pas au cinéma. Devant le Gaumont de la place Wilson, aucune affiche ne le tentait. Un plat au Cardinal, le café-brasserie d'à côté, lui parut une meilleure solution. Tandis que la radio sur laquelle était branché l'établissement débitait des tubes anglo-saxons des années quatre-vingt, une entrecôte à la béarnaise et deux verres de fronton firent leur œuvre. Une légère torpeur s'empara de Frédéric, qui observait les rares clients autour de lui ce soir-là. Un couple de jeunes penchés sur leurs assiettes, lui en survêtement, elle en jean et doudoune. Un vieil homme dans un costume élimé, sirotant ce qui semblait être un porto. Plus loin, deux Maghrébins enchaînaient des demis. Une ambiance triste baignant dans des musiques qui charriaient le soleil de la Californie, un rêve américain fait de plages et de voitures, de romances et de couchers de soleil : le décalage ne manquait pas de sel, remarqua Frédéric, qui se leva lorsque les premières notes d'une scie de Glenn Medeiros lui firent comprendre qu'il avait suffisamment traîné au Cardinal. Il repassa devant le Gaumont, des couples et des groupes en sortaient. Il envia leur légèreté, leur bonheur apparent, leurs discussions retenues le temps de la projection et qui se déversaient maintenant sur la place dans cette électricité propre aux villes quand la soirée avance en traçant la frontière entre ceux qui rentrent chez eux et les autres qui vont chercher une vie supplémentaire arrachée à la nuit.

Trois jours auparavant, il était avec Clémence à La Frégate, de l'autre côté de la place. Cela lui paraissait dater d'un siècle. Maintenant, il avait hâte de retrouver sa chambre d'hôtel. De dormir. D'oublier le cours étrange que prenait son existence de petit prof sans aspérités. Peut-être tout cela n'était-il finalement qu'une sorte de grand malentendu, un quiproquo mêlant petites frappes, pseudo-espions et ce pauvre Maric, exilé à la dérive, autour d'un mystérieux oncle prétendument assassiné, d'une vidéo sans intérêt et d'un paquet de feuilles censé prouver un trafic d'armes international…

Frédéric se coucha, ne trouva pas le sommeil, alluma la télévision, tenta de s'endormir en se laissant bercer par des clips vidéo. Sans succès. Il lui tardait d'être au lendemain, de voir Jérôme Gerbier et de démêler cette histoire…

Le ballet des camions-poubelles le réveilla peu avant 6 heures. Il se plongea plus attentivement dans les documents de Maric en repérant un organigramme composé de noms slaves, des passages rédigés en allemand et d'autres en anglais, des reproductions de virements, des tableaux avec des listes et des chiffres. Bien que n'ayant aucune connaissance dans le domaine de l'armement, il se dit que cela pouvait effectivement désigner des stocks d'armes.

À 8 h 30, il descendit avec l'idée de prendre un petit déjeuner au Florida. Devant le kiosque à journaux du boulevard de Strasbourg, il aperçut des petites affiches annonçant la une de *La Dépêche du Midi* du jour : « Meurtre rue des Filatiers : la piste du cambriolage ». Il acheta le quotidien local, entreprit la lecture du bref article, qui ne contenait guère plus d'informations que celles du titre accrocheur. L'avant-veille, dans la soirée, un homme d'une trentaine d'années avait été tué à son domicile d'un coup de couteau. La victime, sans profession, inconnue des forces de police et sans antécédents judiciaires, avait été poignardée lors d'un cambriolage qui aurait « mal tourné », selon les enquêteurs, qui lançaient un appel à témoins. Le lendemain du crime, des voisins avaient alerté les pompiers après avoir entendu miauler des heures durant le chat de la victime et appelé en vain le propriétaire de l'appartement dont les lumières étaient encore allumées en plein jour…

Frédéric eut un haut-le-cœur, son estomac se tordit, mais il ne parvint pas à vomir. De violents spasmes ne réussirent qu'à lui faire monter des larmes aux yeux. Tel un canard sans tête, il se dirigea vers Le Florida en serrant le journal dans sa main gauche et s'arrêta sur un banc du square Charles-de-Gaulle. Il relut l'article pour y trouver une information qui lui aurait échappé. Son esprit buta sur l'expression « mal tourné ». Autour de lui, des étudiants, des employés, des vendeuses, des lycéens, des cadres s'apprêtaient à rejoindre leurs lieux de travail ou d'étude. La vie évidemment continuait et lui renvoyait Christophe, auquel il n'avait plus pensé ces dernières heures, oubli qui renforçait son sentiment de culpabilité. Aucun doute n'était permis : son ami avait été assassiné à cause de lui, à cause de cette cassette qu'il lui avait apportée. Et il aurait vraisemblablement subi le même sort si les assassins de Christophe étaient tombés sur lui. L'agent de la DGSE ne brandissait pas des menaces bidon quand il avait parlé de danger de mort pour Maric et ceux qu'il avait mêlés à son affaire.

Plus que jamais, Gerbier était sa porte de sortie, sa chance de survie. À moins, comme l'avait suggéré Zlatko, qu'il ne soit complice des tueurs ou, pire, l'un d'eux, voire le donneur d'ordres. Il y avait une autre option que de se rendre à Gerbier et de tout lui avouer. Frédéric y avait songé en allant récupérer son répertoire téléphonique au cas où les choses s'aggraveraient vraiment. Maintenant, la situation avait basculé bien au-delà de ce qu'il avait imaginé dans ses craintes les plus noires. Il lui restait cette carte à jouer, mais auparavant il verrait Jérôme Gerbier.

Au Florida, il prit le temps de commander un café avant de se précipiter aux toilettes. Il n'en ressortit qu'au bout de longues minutes, s'aspergea le visage d'eau, regarda son reflet dans la glace, au bord des larmes. Après deux cafés, son cerveau se remit à fonctionner de façon plus rationnelle. Comment ces hommes avaient-ils pu surgir chez Christophe aussi vite ? Non, pas si vite que cela : une heure après son arrivée chez son ami. Si Frédéric avait été filé, les tueurs ou leurs complices l'auraient intercepté avant. De même, on ne s'était introduit dans son appartement de la rue Raymond-IV qu'après son appel à Christophe. La surveillance dont il avait été l'objet ne pouvait être strictement humaine. L'évidence lui sauta aux yeux.

Le téléphone, des écoutes téléphoniques. C'était ainsi qu'on l'avait suivi à la trace. Sans être un spécialiste de ces techniques, il eut la certitude que de tels moyens n'étaient pas à la portée du premier malfrat venu. Une nouvelle fois, les mots de Maric revinrent : il avait mentionné des services de renseignement, peut-être les Français. Peut-être Gerbier.

À 11 heures, Frédéric arriva au café Saint-Sernin. Les événements, les hypothèses, les questions se bousculaient dans sa tête. Des images de Christophe l'assaillaient régulièrement, il les chassait, elles revenaient. Impossible de ne pas imaginer la façon dont il avait été tué, au couteau. Était-il mort sur le coup ? Avait-il été frappé, torturé ? L'article n'en disait rien, bien sûr. Des pensées plus saugrenues s'invitaient. Qui s'occuperait du chat Stanley ? Il songea aux parents de son ami.

Jérôme Gerbier fit son entrée à midi précis avec l'aisance d'un habitué, salua Frédéric et proposa de s'installer plutôt dans l'autre salle du café, celle qui n'avait pas de fenêtres et à laquelle on accédait par le petit couloir qui passait devant les toilettes. Seuls des étudiants ou des lycéens s'y réfugiaient à l'occasion pour travailler. Gerbier avait pris la peine d'étudier la topographie des lieux.

— Alors, vous avez réfléchi à ce que je vous ai dit ? attaqua-t-il sans préambule.

— Oui, bien sûr. Mais j'ai des choses à vous dire, si vous permettez.

— Nous sommes là pour cela, monsieur Berthet.

Le professeur lui parla d'abord des documents que lui avait confiés Maric et de la fouille en règle de son domicile.

— On vous a pris ces documents ?

— Non, je les avais avec moi, j'en avais fait des copies et je me suis rendu compte que mon appartement était visité au moment où j'allais m'y rendre. De la rue, j'ai vu de la lumière et je suis allé dormir dans un hôtel, rue Raymond-IV, en face de chez moi. C'est le lendemain matin que j'ai découvert le saccage.

— Le matin même où nous nous sommes vus dans votre bureau… Vous avez dû oublier de m'en parler…

— Il y a autre chose, continua Frédéric en reprenant sa respiration.

Il ressemblait à un petit garçon confessant ses fautes, à un enfant aux abois perdu dans la cour des grands. Gerbier en prit note avec satisfaction et écrasa sa cigarette dans le cendrier.

Berthet relata sa visite chez Christophe Tourneur pour y dupliquer la vidéo, sa fuite au moment de l'arrivée de mystérieux pompiers et la découverte dans le journal de l'assassinat de son ami.

— Bordel de merde… lâcha l'autre sans chercher à masquer son irritation. Vous avez vu ces hommes ? Vous êtes sûr qu'ils étaient deux ? Leurs voix ? Ils avaient un accent ? enchaîna-t-il en allumant une nouvelle cigarette.

Du fond de la salle, un étudiant leva les yeux de son livre pour dévisager Gerbier. Le regard que celui-ci lui jeta le fit se replonger aussitôt dans sa lecture. Frédéric balbutia des « Non », « Je crois », « Je ne sais pas ».

— Bon, maintenant, on arrête les conneries. Je vais vous placer sous protection. Vous restez dans votre chambre, ce n'est pas plus mal pour l'instant. Il y aura quelqu'un à l'hôtel d'ici la fin de la journée. En attendant, vous appelez votre copain Maric. Je veux le voir avant 20 heures. C'est bien compris ? Donnez-moi le nom de l'hôtel.

Frédéric donna le nom et l'adresse. Vexé d'être ainsi morigéné, il tenta de reprendre pied :

— Je suis sûr d'avoir été mis sur écoute. C'est comme cela que ces hommes ont pu débouler chez mon ami. Qui sont-ils ? Qu'est-ce qui me prouve que vous n'êtes pas de leur côté ?

— Écoutez, je peux vous garantir que si nous n'intervenons pas ils vont vous mettre la main dessus dans les quarante-huit heures. Vous comprendrez alors que je ne suis pas de leur côté, comme vous dites, mais vous n'aurez pas le temps de regretter votre erreur. Si mon service et moi avions voulu vous éliminer, ce serait fait. Croyez-moi. Bon, j'ai des choses à régler. Vous avez gardé ma carte ? Tenez-moi au courant, pour Maric. On se voit tout à l'heure.

14

Toulouse, place Saint-Sernin
18 mars, 12 h 30

Frédéric regarda Gerbier s'éloigner tout en révisant ses plans. Plus question de voir Maric au monument aux morts à 14 heures. Il y avait des tueurs dans la ville et Gerbier allait le placer sous filature d'ici peu, si ce n'était déjà fait. Au comptoir du Saint-Sernin, il demanda les Pages jaunes et, depuis le téléphone à pièces posé à côté de la caisse enregistreuse, appela L'Ami des livres afin de vérifier que son copain Éric était bien dans sa librairie d'occasion de la rue du Taur. Il enchaîna avec un appel à l'hôtel de Maric. D'un ton ferme, il lui donna des instructions aussi lapidaires que précises. À une étudiante en train de bûcher ses cours, il demanda une feuille de papier et un stylo, écrivit le plus lisiblement possible quelques lignes, plia la feuille en quatre et se précipita à L'Ami des livres. Là, il parcourut quelques instants les étagères encombrées de la petite librairie avant de porter son choix sur un titre de Michel Déon,

Mes arches de Noé, qu'il paya en espèces avant de glisser ses instructions à Éric.

De retour à l'hôtel Raymond-IV, il prit son petit sac à dos et passa à son appartement pour prendre des vêtements de rechange. Après un rapide déjeuner au McDo des allées Franklin-Roosevelt qui lui cala l'estomac, il revint à l'hôtel, où il prit soin de prolonger la réservation de sa chambre pour trois jours. Depuis celle-ci, il appela le numéro mentionné sur la carte que lui avait donnée Gerbier. Une femme lui répondit. Gerbier rappela dix minutes plus tard et Frédéric lui annonça avoir rendez-vous avec Maric à 19 heures dans le hall de l'hôtel Raymond-IV. Ils avaient parlé, le Croate avait saisi la gravité de la situation, semblait-il, et il acceptait de voir Gerbier.

— Il sera d'accord pour vous remettre les documents, je pense. De toute façon, j'ai les originaux et des copies, lui rappela Frédéric.

— D'ici là, vous ne bougez pas, conclut l'agent de la DGSE avant de raccrocher et de reprendre sa conversation avec Maréchaux, assis face à lui dans son bureau.

Les nouvelles étaient bonnes. Il s'apprêtait à mettre la main sur Maric et ses documents, ces deux nigauds allaient même le remercier car ils avaient compris que des tueurs étaient à leurs trousses. Par sécurité, il avait demandé à Fernandez une surveillance immédiate et serrée de Berthet par un agent des RG locaux, mais il avait aussi besoin de l'envoi dans les prochaines heures de trois renforts : un homme pour protéger

Berthet, deux pour exfiltrer Maric. En outre, l'assassinat de ce Christophe Tourneur l'inquiétait. Gerbier aurait aimé savoir à qui il avait affaire. Gilles Maréchaux avait des soupçons, pas de certitudes. Il allait creuser et le tiendrait au courant.

Pendant ce temps, Frédéric avait quitté l'hôtel avec son sac pour aller boire un café au Saint-Sernin à l'une des tables près de l'entrée, contre la vitre donnant sur la rue Saint-Bernard. En sortant, il passa un coup de fil depuis la cabine téléphonique située juste devant le café. L'appel dura environ trois minutes, nota l'agent des RG qui suivait Frédéric. Apparemment détendu, le professeur reprit le chemin de son hôtel, devant lequel il s'arrêta peu avant 15 h 30. Adossé contre le mur de la façade, il alluma une cigarette, scène que l'agent des RG put observer à loisir, cent mètres en amont depuis la place Jeanne-d'Arc et le début de la rue.

Une Saab noire déboula dans la rue à 15 h 31 en donnant deux coups de klaxon et stoppa net à côté de Berthet, qui jeta sa cigarette et s'engouffra à l'intérieur. Le fileur n'eut pas le temps de relever le numéro de la plaque, qui l'aurait renvoyé à l'agence de location Dintrans de la rue Bayard. Là où Zlatko Maric avait loué, une heure plus tôt, le véhicule en suivant à la lettre les consignes de Berthet récupérées à L'Ami des livres. Arrivée devant la gare, la Saab bifurqua vers la droite en direction de la rocade qui les mènerait dans le Gers chez Roland Lafarge. Le seul homme sur terre à qui Frédéric estimait pouvoir faire confiance dans des circonstances aussi particulières.

Lorsque Jérôme Gerbier apprit par Jacques Fernandez la fuite de Berthet, et par là même vraisemblablement celle de Maric, il entra dans une colère noire. Ce n'était pas possible d'avoir été blousé à ce point. Où ces deux cons pouvaient-ils bien aller ? Comment l'abruti chargé de surveiller le prof avait-il pu se laisser avoir de la sorte ? Ravalant son amour-propre, il contacta à nouveau Maréchaux pour l'informer du fiasco. Celui-ci n'en rajouta pas, se contentant de constater les dégâts :

— On repart de zéro, donc.

— Non, objecta Gerbier. Berthet n'est ni un idiot ni un kamikaze. Il a un plan. Je vais fouiller du côté de son père et de sa famille. C'est là-bas qu'il a pu aller chercher de l'aide.

— Tu as sans doute raison, commenta Maréchaux. Tu me diras ce dont tu as besoin.

— Je vous rappelle, répondit Gerbier, pressé de laver l'affront.

Dans la Saab, Berthet s'efforçait de rassurer Maric :

— Avec lui, on ne craint rien. Fais-moi confiance. Il s'appelle Roland, c'est mon parrain.

15

Sortie de Toulouse, RN 124
18 mars, 15 h 35

Cela faisait plus d'un an que Frédéric n'avait pas vu Roland Lafarge, depuis l'été 1992, quand il était venu passer le week-end du 15 août chez lui, dans sa maison du Gers que le jeune homme aimait pour sa quiétude et le sentiment d'y être en retrait du monde. Il avait appelé son parrain en début d'année pour lui présenter ses vœux, mais Roland – comme Frédéric – n'était pas de ceux qui ont besoin de signes ou de mots pour savoir que les liens demeuraient au-delà de la distance, de l'absence ou du silence. Après la mort du père de Frédéric, Jacques, en 1987, Roland avait emmené son filleul et sa sœur cadette Sophie une semaine à Séville durant Pâques. L'un de ses amis lui avait prêté un appartement, non loin de la cathédrale, flanqué d'un toit-terrasse sur lequel ils déjeunaient souvent et prenaient l'apéritif le soir. C'était sa façon d'essayer de consoler un tant soit peu ces enfants définitivement orphelins, puisque Frédéric et Sophie avaient perdu leur mère quelques années auparavant.

Entre Roland, né en 1922, et Jacques, né un an plus tard, l'amitié s'était scellée en 1941, quand les deux Toulousains s'étaient rencontrés au sein d'un réseau de la Résistance qui se réunissait dans des appartements de la rue de l'Étoile et de la rue Pharaon. Un chef d'entreprise du Lauragais d'une cinquantaine d'années avait créé ce groupe que deux frères, âgés de dix-neuf et de vingt et un ans, s'étaient chargés de faire croître. Henri et François de Saint-Aignan étaient issus d'une famille d'aristocrates dont le cœur battait pour l'Action française. Leurs parents n'avaient pas partagé l'approbation que le maître du mouvement monarchiste, Charles Maurras, avait donnée au maréchal Pétain et à son régime. Pour eux, la présence allemande sur le sol français ne tolérait aucune indulgence et ils avaient préféré le rebelle de Gaulle au glorieux vainqueur de Verdun, au point de pousser leurs deux fils à s'engager dans la Résistance. Ce qu'ils avaient fait avec l'enthousiasme de la jeunesse et la rage du patriotisme outragé.

C'est par Henri de Saint-Aignan, qu'il avait connu au sein des Camelots du roi de Toulouse, que Roland Lafarge avait intégré le réseau où il fit la connaissance de Jacques Berthet, étudiant en droit comme lui. Leur groupe était composé de socialistes, de radicaux, de monarchistes, qui, en d'autres circonstances, auraient pu se combattre mais qui partageaient un culte au général de Gaulle et la haine des boches. À la mi-1942, le réseau Marty avait donné naissance à un maquis opérationnel jusqu'à la Libération en Ariège, dans l'Hérault, en Ardèche et même dans le Gard, au gré des opérations. Des razzias sur des entreprises ou des commerçants soupçonnés de pactiser avec l'occupant, des sabotages de voies ferrées, des trafics de faux papiers, des affiches ou des slogans en faveur de la France libre placardés la nuit dans des villes ou des villages, des réceptions d'armes et de radios larguées par des avions alliés, des attaques contre des patrouilles allemandes avaient constitué les principales actions du groupe comptant jusqu'à près de cent membres avant de voir ses effectifs fondre à une trentaine au gré des dénonciations, des imprudences, des arrestations et des représailles.

Roland et Jacques avaient fait partie des survivants. François de Saint-Aignan aussi. Bien qu'arrêté et interrogé à Montpellier en janvier 1944, il avait recouvré la liberté grâce à des gendarmes acquis à la Résistance. Son cadet, Henri, n'était pas revenu de déportation. Ces temps déraisonnables, cette époque de larmes et d'exaltation, avaient fait de Roland et de Jacques des frères d'armes soudés à jamais par des liens supérieurs à ceux du sang. À la Libération, Jacques Berthet avait repris brièvement ses études de droit avant de s'orienter dans une formation d'ingénieur aéronautique. Son ami Roland, grisé par la fraternité des armes, s'était engagé dans l'armée. Leurs chemins, apparemment opposés, se complétaient et servaient un même objectif : la grandeur du pays. D'ailleurs, les carrières de l'un et de l'autre les avaient conduits à de hautes responsabilités. Jacques était devenu, à la tête de son entreprise spécialisée dans la technologie de pointe, l'un des partenaires essentiels de l'État français dans sa politique de défense, tandis que Roland avait été nommé lieutenant-colonel en Algérie après avoir brillamment servi en Indochine.

Le 24 mai 1960, Roland Lafarge, bénéficiant d'une permission, avait quitté Alger pour assister à la cathédrale Saint-Étienne de Toulouse au baptême de Frédéric Berthet, dont il était le parrain. Après la cérémonie et le déjeuner de fête dans la maison des Berthet aux Minimes, les deux anciens compagnons d'armes avaient devisé, le vin aidant.

« Tu sais, j'ai un mauvais pressentiment. Nous gagnons la guerre, nous rallions la population sur le terrain et l'intendance ne suit pas. On pourrait réaliser l'intégration, mais j'ai la sensation qu'on ne veut pas la faire, qu'on tergiverse, comme si l'on ne croyait pas vraiment à la raison de notre combat et de notre présence, avait confié Roland. Je crois que cela va mal finir…

— De toute façon, on n'a pas le choix. Il faut suivre le Général », lui avait répondu Jacques, bien décidé à ne pas laisser les sombres prédictions de son ami lui gâcher la joie de la naissance de son premier enfant.

Lors du putsch des généraux, en avril 1961, Roland, encore en poste à Alger, était demeuré fidèle au Général et au pouvoir légal. La mort dans l'âme, il avait assisté, les mois suivants et jusqu'au départ de l'armée française, à ce qu'il avait obscurément redouté : l'exil programmé des pieds-noirs, l'abandon des harkis, les attentats de l'OAS contre l'État français, l'arrestation et la condamnation des militaires putschistes, les opérations des barbouzes… En 1963, le calice bu jusqu'à la lie, il avait démissionné de cette armée qu'il avait servie pendant presque vingt ans. Tout en étant resté légaliste, il comptait des amis parmi les factieux et les mutins impitoyablement poursuivis par le régime. Roland en avait aidé certains – qui n'avaient pas de sang français sur les mains – à se réfugier en Espagne ou en Amérique du Sud. Et convaincu d'autres de se rendre.

De retour en métropole, il avait retrouvé Toulouse avec son épouse Simone et leur fils Pierre, alors âgé de huit ans. Son entreprise d'import-export, fondée en 1964, avait connu un succès rapide, notamment grâce à son passé de résistant et de militaire. Les Lafarge avaient acheté une vaste villa sur la Costa Brava, quitté leur appartement de la rue de la Concorde pour s'installer sur les hauteurs de Toulouse, où ils étaient devenus les voisins de Kléber Haedens. Au-delà de leur passage à l'Action française, l'ancien militaire et l'écrivain partageaient le goût du vin, de la bonne chère, des livres, de l'opéra, du rugby. Chez Kléber, à La Bourdette, lors des somptueux déjeuners concoctés par Caroline Haedens, Roland avait fait la connaissance de Michel Déon. Cet écrivain avait beaucoup voyagé et même séjourné en Algérie durant « les événements ». Il en avait tiré des livres rageurs et désolés, se promettait d'évoquer à nouveau la question dans son prochain roman qui, disait-il, allait l'occuper plusieurs années.

De son côté, Roland s'oubliait dans le travail, séjournait de plus en plus longtemps en Afrique pour ses affaires. Quand il rentrait à Toulouse, il prenait plus de plaisir à retrouver les Haedens ou la famille Berthet que Simone et leur fils. Il s'en voulait, mais n'y pouvait rien. En 1969, le couple avait divorcé et Roland ne s'était pas rendu compte de la dérive de leur fils unique s'abîmant dans les drogues, jusqu'à devenir héroïnomane, puis s'enfonçant dans la petite délinquance. Pierre était mort d'une overdose le 1er décembre 1975, dans l'appartement de sa petite amie de l'époque. C'est peu après ce drame qui lui avait arraché le cœur que Lafarge avait été contacté par des anciens de l'armée et des membres du Service d'action civique œuvrant plus ou moins clandestinement pour les services français. Il avait accepté de mener des « collectes » de fonds en Afrique, de ramener au bercail quelques soldats perdus et, plus tard, d'organiser des opérations de soutien aux moudjahidines afghans se battant contre l'Armée rouge.

Ainsi, les années étaient passées plus vite, lui laissant non pas l'oubli de la mort de Pierre mais sa lente mise à distance. Cette tragédie avait par ailleurs renforcé les liens avec les Berthet, en particulier avec Frédéric, que Roland considérait malgré lui et naturellement comme un fils de substitution, celui qu'il aurait aimé avoir, même si cet aveu le déchirait. Aux yeux de Frédéric, enfant puis adolescent, son parrain était une sorte de héros. Il aimait l'entendre évoquer avec son père – qui paraissait si respectable, si bourgeois – leur passé de résistants, leurs frasques, leurs prises de risques inconsidérées.

Le visage buriné, taillé de rides, les cheveux d'un noir de jais plaqués en arrière donnaient à Roland l'allure d'un acteur américain, entre Robert Ryan et Tommy Lee Jones. Après la mort de son père et le séjour à Séville, Frédéric, absorbé par sa thèse, ses débuts de professeur et les élans du cœur, avait moins vu Roland. Il s'en voulait souvent, l'appelait dans sa maison du Gers, où il vivait maintenant quasiment à l'année, profitant d'une retraite qui pourtant lui ressemblait peu.

« Ne t'en fais pas, mon grand. Je sais que tu es là et tu sais que je suis là. C'est le plus important, n'est-ce pas ? »

Cette morale simple et solide chassait les remords du jeune homme, qui promettait néanmoins une prochaine visite. Mais, en ce jour de mars 1993, la visite à Roland Lafarge n'avait pas pour but d'apaiser des états d'âme familiaux. Il s'agissait juste de se réfugier auprès d'un homme qui avait traversé et vaincu des dangers au moins aussi périlleux que ceux qui pesaient sur Frédéric et Zlatko. D'un homme qui saurait quoi faire.

Quand Frédéric lui avait téléphoné depuis la cabine devant le café Saint-Sernin, Roland l'avait aussitôt rassuré :

« Tu as eu raison de m'appeler. Vous serez en sécurité ici, je vous attends. »

16

Gers, lieu-dit Ker Prats
18 mars, 19 h 15

Il était un peu plus de 19 heures quand la voiture de location passa le portail en fer ouvert et s'engagea sur l'allée en gravier qui donnait accès à la maison de Roland Lafarge. Sur les pelouses, des deux côtés de l'allée, des chênes, des cerisiers et des saules plantaient le décor tandis que l'on apercevait au fond à gauche une vaste grange. Une centaine de mètres avant celle-ci se trouvait une piscine recouverte d'une bâche. La Saab se gara à côté d'un Range Rover, non loin de la maison, en déclenchant l'irruption d'un berger belge qui enchaînait les aboiements. Zlatko et Frédéric descendirent du véhicule et se dirigèrent vers Roland qui – tout en calmant de la voix l'excitation du chien – les attendait sur le pas de la porte, sur une petite terrasse où une table et quelques chaises en fer étaient protégées d'un éventuel soleil par une treille.

— Au moins, vous voyagez léger ! lança Roland en désignant du menton le petit sac à dos de son filleul alors que Zlatko avançait les mains vides.

Frédéric et son parrain s'embrassèrent en se donnant une accolade, Lafarge serra la main du jeune homme.

— Zlatko Maric, enchanté.

— Roland Lafarge, bienvenue.

Le chien observait les présentations, assis sur ses pattes arrière, la gueule ouverte et la queue battant le sol.

— Vous devez avoir envie de boire un verre, j'imagine. On peut s'installer sur la terrasse, il fait encore bon. De l'eau ? De la bière ? Autre chose ? proposa Roland.

Trois bières et trois verres arrivèrent sur la table de la terrasse, où Frédéric et Zlatko s'étaient assis pour fumer.

— J'ai mis un gigot d'agneau au four, il sera prêt dans une heure, annonça le maître de maison. On dînera tranquillement et après vous me raconterez ce qui vous arrive.

Les cheveux de Roland avaient un peu blanchi, ses rides s'étaient encore creusées sur son front et ses joues, releva Frédéric, ému de retrouver son parrain dans ces circonstances et de renouer avec une forme d'apaisement dans cette maison de campagne qui paraissait si loin des événements des dernières heures. Quel âge a-t-il, maintenant ? se demanda Frédéric. Soixante-dix ? Non, soixante et onze. Un an de plus qu'aurait eu papa s'il était encore en vie… Avec sa chemise en chambray bleu marine, son chino beige et ses bottines en cuir marron, il gardait une allure juvénile.

Les bières terminées, Roland montra à Zlatko sa chambre et la salle de bains attenante, au rez-de-chaussée, à droite de la cuisine, puis lui fit visiter rapidement le reste de la maison. Outre la chambre, une cuisine et une petite salle à manger communicante, le rez-de-chaussée se composait d'un salon avec deux canapés en cuir et une cheminée. Par l'escalier, on accédait à deux couloirs : l'un donnant accès à trois chambres et autant de salles de bains ; l'autre à une bibliothèque, un autre salon où était installée une télévision et un bureau. Sur les meubles, les bureaux ou les étagères, il n'y avait pas de photographies. Juste quelques tableaux, dans le bureau et le salon, et de petites aquarelles dans les couloirs. Zlatko suivit en silence son guide pendant cette rapide visite de courtoisie, pendant que Frédéric s'attardait devant les bibliothèques, à examiner les jaquettes de quelques cassettes vidéo, des classiques américains des années quarante et cinquante, dans le salon du premier.

Une grande maison pour un homme seul. Une maison qui donnait le sentiment d'avoir été désertée et qui n'était plus occupée aujourd'hui que par un gardien vivant avec ses souvenirs.

— Je suis seul, mais pas solitaire, crut bon de préciser Roland à l'intention du nouveau venu. J'ai mon chien, Rex, et des amis dans le coin, des paysans avec lesquels je chasse durant la saison. Des taiseux, comme moi d'ailleurs, mais des gens bien.

Ils passèrent à table dans la cuisine. Roland découpa le gigot et sa belle croûte dorée formée par le gras avec une dextérité digne d'un patriarche dominical. Des haricots verts et un côtes-du-rhône accompagnèrent les deux tournées d'agneau, dont le fumet occupait maintenant toute la pièce. Puis vint le moment des digestifs dans le salon. Terroir oblige, les invités se décidèrent pour un armagnac qui fit encore monter la température.

— Et si vous me racontiez votre histoire, les garçons ? proposa Roland, installé dans le canapé leur faisant face.

Frédéric céda la parole à Zlatko, qui relata le rôle de son oncle, Marko Topalovic, entrepreneur installé à Montauban à la tête d'une entreprise de transport et d'une autre dans l'import-export, dans les trafics et transactions visant à fournir des armes au nouvel État croate, qui avait déclaré son indépendance presque deux ans plus tôt. Aussi improbable que cela paraisse, cet homme apparemment ordinaire, vivant dans une tranquille province française, s'était retrouvé au cœur de secrets d'État liés aux terribles conflits qui déchiraient la Yougoslavie. Par d'anciens liens familiaux et amicaux, Marko Topalovic, bien qu'installé dans le sud-ouest de la France depuis le milieu des années cinquante, avait ses entrées au sein du nouveau pouvoir, jusqu'au président Franjo Tudjman, qui avait combattu aux côtés du père de Topalovic, Stepe, dans les rangs des partisans communistes de Tito durant la Seconde Guerre mondiale. Dès la déclaration d'indépendance, en juin 1991, Marko avait été contacté comme d'autres membres de la diaspora par Zagreb, qui craignait que la nostalgie de l'unité yougoslave ne continue à imprégner les mentalités au sein de la population et de l'administration de la nouvelle Croatie. Approché en même temps par des agents de la DST supervisant ces opérations qui le mirent en contact avec des marchands d'armes français, il créa un réseau destiné à contourner l'embargo décrété par l'ONU sur les armes à destination des belligérants en ex-Yougoslavie.

Les affaires fonctionnèrent bien, très bien même, jusqu'à ces derniers mois, où Topalovic avait eu le plus grand mal à se faire payer. Certaines transactions se faisaient désormais en espèces, ce que l'oncle avait pourtant banni afin de ne pas attirer l'intérêt de réseaux criminels. Auparavant, par les comptes de ses sociétés, il traitait directement avec une banque d'État croate via une banque américaine. Les factures et diverses autorisations étaient légales ; du moins couvraient-elles d'un voile d'apparente légalité ces trafics illégaux. De nouveaux intermédiaires s'en étaient mêlés, Topalovic s'en était plaint à Zagreb et auprès des hommes de la DST. Il se savait menacé, s'en était ouvert avec précaution à quelques-uns des siens, parmi lesquels son neveu Zlatko, à qui il avait confié des documents prouvant les trafics d'armes ainsi que le rôle de l'État croate et de ses alliés de circonstance. Bref, il était devenu un témoin gênant, et on venait de l'assassiner alors que Maric était du même coup transformé en cible vivante.

Frédéric prit le relais et narra les événements des derniers jours plus en détail qu'il ne l'avait fait par téléphone :

de l'assassinat de son ami Christophe à la façon dont ils avaient semé l'agent de la DST en passant par la duplication des documents de Topalovic et la fouille de son appartement. Durant les récits, Roland avait gardé le silence, fixant du regard un point sur la table basse. Un bref mouvement de tête venait parfois interrompre son immobilité avant qu'il ne reprenne la pose. Quand Frédéric eut terminé, Roland expira et resservit de l'armagnac dans les tasses à café.

— Notre histoire doit vous paraître incroyable… commença Zlatko.

— Ne t'inquiète pas, mon garçon, j'en ai connu des tout aussi incroyables. Dès demain, je passerai des coups de fil pour y voir plus clair. J'ai encore des contacts dans nos services. Dis-moi, Zlatko, ce n'est qu'un détail, mais comment ton oncle a atterri à Montauban ?

— C'est une longue histoire, encore une fois. Cela remonte à la guerre, enfin à la Seconde Guerre mondiale. Le père de mon oncle s'est retrouvé dans l'Aveyron en 1943, à Villefranche-de-Rouergue…

17

Villefranche-de-Rouergue
Nuit du 16 au 17 septembre 1943

Comment Stepe Topalovic, né en 1920 à Kutina, petite ville de la Croatie centrale, se retrouva-t-il dans le sud-ouest de la France en plein cœur de la Seconde Guerre mondiale ? Disons que ce fut à cause de Heinrich Himmler, lorsque, au début de 1943, le nouveau ministre de l'Intérieur du IIIe Reich décida de créer la 13e division SS, dite « Handschar », formée en Bosnie avec un recrutement musulman. Sur les dépouilles de l'ancien royaume yougoslave, les nazis avaient fondé en 1941 l'État indépendant de Croatie dirigé par Ante Pavelic, le leader des oustachis, les fascistes croates, tandis que la Serbie occupée était aux mains d'un gouvernement fantoche et que la Bosnie-Herzégovine passait sous le contrôle de la Croatie tout en étant partagée en deux zones d'occupation, avec les Allemands au nord et les Italiens au sud. Cependant, les nazis et leurs alliés durent affronter deux mouvements de résistance particulièrement combatifs : les Tchetniks, royalistes serbes, de Draza Mihailovic et les partisans communistes commandés par Tito.

C'est notamment pour lutter contre les résistances yougoslaves que Himmler instaura cette division SS bosniaque, mais aussi pour symboliser l'alliance souhaitée par la propagande nazie avec les musulmans de la région et pour tenter de rallier les musulmans du monde entier, en misant entre autres sur une haine des Juifs supposée commune. Appuyé par le Grand Mufti de Jérusalem, qui vint à Sarajevo en avril 1943 pour convaincre ses coreligionnaires bosniaques de s'enrôler dans la nouvelle unité, le projet se heurta aux réticences des Croates pronazis. Afin de ménager les différents alliés du Reich, Himmler maintint un recrutement majoritairement musulman tout en intégrant des Croates essentiellement catholiques, quitte à faire appel à la conscription. Bien que sous commandement allemand, cette division Handschar, où officiaient imams et mollahs chargés d'encadrer les pratiques religieuses, n'attira qu'assez peu de Croates. La situation se révélait, de fait, idéale pour infiltrer des agents doubles dans l'unité, ce que furent Stepe Topalovic et son frère cadet Ivan, engagés volontaires dans la Handschar mais acquis à la résistance communiste.

En juillet 1943, Stepe Topalovic, père d'un petit Marko né un an avant, fut transféré, avec près d'un millier de ses compagnons d'armes du 13e bataillon de la division, parmi lesquels son frère, dans l'Aveyron et le Massif central dans le but de parfaire leur formation auprès de reliefs évoquant ceux des Balkans. L'entraînement était impitoyable, coordonné par des officiers allemands ayant servi sur le front de l'Est. Certains SS bosniaques du bataillon du génie de Villefranche-de-Rouergue déchantèrent assez vite. À défaut de défendre leurs terres et les leurs contre les Tchetniks ou les partisans, comme on le leur avait promis, ils se retrouvaient en France, sous les coups et les aboiements des Waffen SS allemands, pendant que des rumeurs faisaient état d'un envoi sur le front russe. Les frères Topalovic identifièrent assez vite une petite poignée d'hommes susceptibles de partager leur plan : organiser une mutinerie et rejoindre les maquis français. C'est en compagnie de quatre SS jugés dignes de confiance qu'ils mirent en œuvre leur projet de soulèvement. Chacun devait convaincre au moins une cinquantaine d'hommes de passer à l'action le moment venu…

Dans la nuit du 16 au 17 septembre, les frères Topalovic lancent l'opération. Stepe, accompagné d'une dizaine de soldats, fait irruption à l'Hôtel central de Villefranche, où sont installés les six officiers de l'état-major du bataillon, tandis qu'un autre groupe mené par l'adjudant Farid Pjanic se rend au collège de la commune afin d'y neutraliser les sous-officiers. De son côté, Ivan Topalovic est chargé de diriger la prise de contrôle des points clés de la ville, comme la gare, la gendarmerie et la poste, par le reste des mutins. Amenés à l'école primaire, siège du PC du bataillon, les officiers y sont abattus.

Ces exécutions sommaires, censées faire basculer le bataillon du côté des SS rebelles, ne font que semer la confusion.

Sur les quelque neuf cent cinquante hommes de troupe du bataillon, environ cent cinquante participent à la mutinerie. Les autres hésitent, restent dans leurs baraquements ou se voient même confier la surveillance de prisonniers allemands et de l'imam de l'unité, Selim Basic. Profitant du chaos général, ce dernier et le médecin Karl Steiger échappent à la surveillance de leurs gardiens. Chacun s'efforce de convaincre les SS dans l'expectative ou l'incompréhension de réprimer la rébellion, puis Steiger s'enfuit pour alerter le commandement allemand, qui dépêche aussitôt d'importantes garnisons venues notamment de Rodez et de Mende. Quant à l'imam, il exhorte les hommes à rester fidèles à leur engagement et au commandement de Dieu. Ceux-ci libèrent aussitôt les sous-officiers allemands.

Autour de 4 heures du matin, les combats de rue font rage alors que les renforts cernent la ville. Pour les frères Topalovic et les insurgés, l'issue ne fait plus guère de doute. Des mutins réussissent à percer les lignes ennemies avant que le jour se lève, mais la plupart tombent sous les balles ou sont faits prisonniers. À 8 heures, la situation est presque sous contrôle, ratissage de la ville et chasse à l'homme se poursuivent, et en début d'après-midi l'ordre règne. Une trentaine de mutins ont été tués. Autant seront fusillés les jours suivants, d'autres seront condamnés à des travaux forcés ou à de la prison. Par la suite, le bataillon – malgré la fidélité de la grande majorité des soldats – est sévèrement épuré : des centaines de SS sont envoyés en service de travail obligatoire en Allemagne, ceux qui refusent partent pour des camps de concentration.

Stepe et Ivan Topalovic ainsi qu'une dizaine de mutins parvinrent à s'échapper et, protégés par des paysans, à rejoindre dans les jours suivants des maquis tenus par des FFI et des FTP. Malgré l'échec du soulèvement, Radio Londres donna un grand écho à « la première ville d'Europe de l'Ouest libérée de l'occupation allemande ». Peu importait que cette libération n'eût duré que quelques heures, et pas davantage la nature des mutins : deux infiltrés communistes et des engagés volontaires dans la SS... Comme souvent, la légende dépassa la réalité et l'on imprima la légende. Bien que l'immense majorité des soldats du bataillon fût finalement restée fidèle au commandement allemand, on louerait plus tard « la révolte des Croates de Villefranche-de-Rouergue » et cela même si, précisément, ce fut en partie l'origine croate des meneurs qui les empêcha de rallier leurs compagnons d'armes bosniaques et musulmans au soulèvement. Surtout, on gomma leur appartenance commune à la SS pour peindre les mutins comme des victimes des nazis. Plus prudemment, on désigna parfois ces engagés volontaires ou ces conscrits comme des « enrôlés de force » luttant pour la liberté.

Ce récit édifiant profita à Stepe Topalovic, qui continua le combat au sein des FTP dans le sud-ouest de la France, mais perdit son frère Ivan, tué lors d'affrontements contre les Allemands dans le Limousin. De retour au début de 1946 dans la Yougoslavie désormais titiste, il fut accueilli comme un héros et continua de se battre, cette fois contre les dernières poches de Tchetniks, les royalistes serbes qui avaient affronté les nazis, leurs alliés locaux et aussi les communistes yougoslaves, et dont le leader avait été fusillé par le nouveau pouvoir après une parodie de procès. Topalovic devint pour le régime de Tito l'un des symboles d'une Yougoslavie communiste unie, au-delà des différences ethniques et religieuses, autour de la cause de la lutte contre le fascisme. Grâce à ses états de service et à son statut, Stepe Topalovic fut autorisé à quitter le pays et à s'installer en France, où il avait conservé des attaches. C'est là qu'il allait vivre et installer sa famille, tout en maintenant des liens avec la Yougoslavie du maréchalissime Tito.

18

Gers, lieu-dit Ker Prats
18 mars 1993, 22 h 53

C'est un récit moins circonstancié des événements de septembre 1943 à Villefranche-de-Rouergue que fit Zlatko à Roland et Frédéric, car le jeune homme avait baigné dans la légende façonnée par l'histoire officielle et la mémoire familiale. Bien que vivant en France, Stepe Topalovic se rendait au moins une fois par an dans sa Yougoslavie natale, en vacances l'été ou pour des affaires professionnelles, et cela jusqu'à son décès, en 1985. Un représentant officiel fut même envoyé de Belgrade pour assister à ses obsèques à Albi. De stricte obédience communiste, l'ancien partisan entretenait cependant des rapports étroits avec nombre de compatriotes croates qui au-delà de leur fidélité à Tito, « garant de l'unité yougoslave », cultivaient de vifs sentiments nationalistes qui purent s'exprimer plus librement après la mort du maréchal en 1980. Désormais, parmi la génération qui avait connu la Seconde Guerre mondiale, les engagements passés étaient devenus secondaires. Anciens oustachis fascistes et anciens partisans communistes partageaient l'aspiration à une Croatie indépendante, libérée des Serbes et des musulmans. C'est naturellement que son fils Marko hérita après le décès de son père de ce réseau qui fit un bref moment sa fortune avant de causer sa perte.

— Je me souviens de cette histoire des révoltés de Villefranche, asséna Roland après le récit du jeune homme. À cette époque, j'étais dans un groupe de résistants qui opéraient dans les Cévennes, l'Hérault et le Gard, mais nous avions entendu parler de la mutinerie. Et puis on côtoyait des Yougoslaves, des communistes souvent, mais aussi quelques Serbes monarchistes. C'étaient des chics types, durs à la tâche…

Il se faisait tard maintenant, la fatigue commençait à gagner les trois hommes et les invités acceptèrent volontiers la proposition d'extinction des feux.

— Bon, demain matin, je m'occupe de votre cas. Dormez bien. Frédéric, tu prends la chambre de Pierre, comme avant…

— Oui, merci. Bonne nuit, parrain.

— Bonne nuit, Roland, et merci pour votre accueil, renchérit Zlatko.

« Je m'occupe de votre cas », « Je vais passer des coups de fil », « J'ai encore des contacts » : Frédéric n'avait pu s'empêcher de sourire devant cet art laconique de l'euphémisme que cultivait Roland, d'aussi longtemps qu'il s'en souvenait. Ces simples mots, ces paroles banales, suffisaient à rassurer le jeune homme. Peut-être se faisait-il des illusions, peut-être que Roland n'était plus depuis longtemps ce baroudeur, cet aventurier de l'ombre dont l'aura avait bercé sa jeunesse, mais il s'accrochait à cette idée. Là, dans cette maison, il se sentait en sécurité. À deux heures de voiture de Toulouse, les présences maléfiques ou menaçantes qui avaient pesé sur son existence depuis trois jours lui paraissaient loin. Il dormit comme une masse, d'un sommeil qui lui avait tant fait défaut les nuits précédentes.

Le lendemain, Frédéric apparut peu après 9 heures. Lorsqu'il entendit son filleul descendre, Roland ferma le carnet sur lequel il prenait des notes dans le salon pour aller lui préparer le petit déjeuner. Zlatko arriva quelques minutes plus tard et se contenta lui aussi de café noir, malgré l'empressement de Roland à nourrir ses invités. Puis ce dernier annonça qu'il devait se retirer à son bureau, à l'étage, pour téléphoner et qu'il serait occupé sans doute jusqu'à midi. Les deux jeunes hommes occupèrent la matinée à se dégourdir les jambes dans le grand jardin en compagnie de Rex, à piocher des livres dans la bibliothèque et à préparer des légumes pour le déjeuner.

Comme Roland le supposait, le coup de fil le plus utile qu'il donna fut celui à François Delandre, en poste à la DST depuis 1986. De douze ans plus jeune que lui, l'homme avait servi sous ses ordres en Algérie en 1960. Ils s'étaient retrouvés dans les années soixante-dix alors que Delandre faisait carrière dans les services de renseignement, puis autour de 1980, lors d'opérations de soutien à la résistance afghane contre les

Soviétiques, plus tard encore lors des affaires d'otages français détenus au Liban. Une demi-heure après avoir présenté son désir de parler à M. François Delandre, Roland reçut un appel de son ancien « camarade », terme qu'ils utilisaient naguère avec une ironie teintée de respect réciproque.

Les politesses d'usage rapidement expédiées, Roland exposa la situation de son filleul et de son ami. Ainsi qu'il l'imaginait et même l'espérait, Delandre était au courant des événements.

— Ici, tout le monde est à cran, et chez nous en particulier, au contre-espionnage intérieur, c'est une cocotte-minute…

— Je comprendrais que tu ne puisses pas tout me dire, mais ce jeune Croate qu'a amené mon filleul dit que son oncle était en relation avec des agents de la DST qui participaient au trafic d'armes ou qui le laissaient se faire. Et mon filleul a été contacté à Toulouse par un agent de la DGSE. Que vient faire la DGSE là-dedans ?

— Écoute, je ne sais pas tout, on marche dans le brouillard. Ce que je peux te dire, c'est que le directeur de ma division, Gilles Maréchaux, suit évidemment tout cela de très près. Il a en effet fait appel à un agent de la DGSE, un homme de confiance, car nous ne sommes pas sûrs, comment dirais-je, de la fiabilité et de la fidélité totale de certains de chez nous. Bref, on se tire dans les pattes.

— Mon filleul dit que l'un de ses amis, chez qui il avait dupliqué une cassette vidéo censée impliquer les trafiquants d'armes, a été assassiné à Toulouse et que le meurtre a été maquillé en cambriolage…

— L'information nous est remontée par l'agent de la DGSE sur place.

— Vous n'y êtes pour rien ?

— Bien sûr que non ! Maréchaux n'est pas du genre à tremper dans ces basses œuvres par ailleurs inutiles.

— En attendant, je ne peux pas relâcher ces deux garçons dans la nature.

— Je comprends, je te laisse juge, et de toute façon cette conversation n'a jamais existé. Donne-moi juste le temps de tâter le terrain, en douceur, et je reviens vers toi. Tu as un fax ?

— Oui, je te donne le numéro, et merci encore…

L'autre coup de téléphone réellement important fut celui adressé à Selim Kassir, un Libanais d'une cinquantaine d'années que Roland avait connu une vingtaine d'années plus tôt. L'homme avait été engagé par les Israéliens et avait opéré pour le Mossad sous la couverture d'un trafiquant de drogue voulant servir par ses trafics la cause palestinienne. Le véritable objectif était d'infiltrer et de démanteler des réseaux propalestiniens. Sa couverture fut tellement convaincante qu'il fut un jour de 1979 arrêté en France pour trafic de drogue suite à un mandat d'Interpol. Incarcéré à la Santé, il vit lors de sa parution devant les tribunaux un homme de paille représentant le Mossad ainsi qu'un haut responsable des services français, qui étaient au courant de cette opération, témoigner en sa faveur. À la surprise générale il fut relaxé, et un peu plus tard il s'installa à Toulouse sous une fausse identité. Depuis, il coulait des jours heureux et paisibles, marié un temps à une riche antiquaire, tout en rendant à l'occasion quelques menus services à des amis, ou à des « amis d'amis ». Lors de son retour à la vie civile et de son installation à Toulouse, Roland l'avait aidé et ils avaient sympathisé comme deux anciens combattants de guerres différentes et ancrées dans d'autres époques, mais pourtant unis par leurs existences marquées par la clandestinité, le double jeu et une certaine idée de la fidélité. Roland savait qu'il pouvait compter sur lui.

Vers midi, Roland descendit dans la cuisine, où les deux garçons s'affairaient à mettre la table tout en surveillant la cuisson d'une poêlée de poivrons et de tomates. Roland approuva et lança une décongélation de saucisses. À table, il annonça le programme :

— Zlatko va rester ici pour l'instant. Toi, tu vas rentrer à Toulouse et tu t'installeras chez l'un de mes amis. Je crois qu'il est plus prudent que vous vous sépariez. J'attends de nouvelles informations. Après, on avisera. Très bons, ces légumes. Vous êtes de vrais cordons-bleus, les garçons…

19

Toulouse, Holiday Inn
18 mars, 19 heures

Trente minutes après le coup de fil de l'inspecteur des RG annonçant la fuite de Berthet, Gerbier le rappela. Il avait besoin de toutes les informations qu'ils possédaient concernant un certain Zlatko Maric. Fernandez lui apprit que des collègues de la police nationale avaient signalé le cambriolage du domicile de Maric, quatre jours auparavant ainsi que sa disparition. Gerbier fit part de son intention de visiter l'appartement et Fernandez proposa d'appeler un collègue de la police, qui accélérait la procédure.

— Pourriez-vous également regarder ce que vous trouverez sur le père de Berthet, qui a travaillé, disiez-vous, avec la Défense ? Remontez aussi loin que possible, s'il vous plaît, cela pourrait être utile.

— Entendu, je vous dis cela demain matin.

À 19 heures, un policier en civil attendait Gerbier à l'accueil du Holiday Inn. La trentaine, une allure de cow-boy et l'air contrarié du type qui a autre chose à faire. La voiture banalisée du fonctionnaire arriva rapidement rue de la République, où elle se gara en double file devant le numéro 7.

— Des collègues ont récupéré un jeu de clés l'autre jour dans l'appartement, ce sont celles de la porte d'entrée de l'immeuble et de l'appartement du troisième. Je vous accompagne…

— Pas la peine de vous déranger, je me débrouillerai. Par ailleurs, je ne veux pas vous faire attendre, je ne sais pas pour combien de temps j'en ai et vous devez avoir mieux à faire. En rentrant, je déposerai les clés à votre commissariat. Où est-il situé ?

— Rue du Rempart-Saint-Étienne. Vous prenez le pont par lequel nous sommes arrivés, vous marchez tout droit pendant un bon kilomètre et quand vous apercevez une cathédrale sur votre droite, la rue du commissariat est de l'autre côté.

— Je trouverai. Merci.

L'autre s'éclipsa sans demander son reste.

L'appartement avait été sérieusement retourné. Par acquit de conscience, Gerbier explora cependant minutieusement les lieux, au cas où quelque chose aurait échappé à la fouille du ou des visiteurs. Matelas, placards, meubles : tout y passa. Il inspecta aussi le plancher en bois à la recherche d'une hypothétique planque sous les lattes, souleva le réservoir des toilettes, ouvrit les quelques livres présents… En vain. Un détail le frappa. Dans les pièces jonchées de vaisselle brisée, de vêtements jetés au sol, il ne releva aucun document administratif : factures, quittances, paperasse quelconque… Les policiers intervenus dans l'appartement les avaient-ils récupérés ? Peu probable. Les cambrioleurs, alors ? Pourquoi ? Il éplucha ensuite la cinquantaine de CD en vérifiant qu'ils ne contenaient pas un disque sur lequel aurait pu avoir été gravé autre chose que de la musique. Peine perdue. Non, décidément, cet appartement n'avait rien à dire. Un dernier coup d'œil dans le réfrigérateur et dans le compartiment de congélation n'apporta pas plus de révélations. Gerbier s'en alla.

Dans la rue, il alluma une cigarette. Il était près de 21 heures, la nuit était tombée. Il regarda le pont sur sa droite, sur lequel il allait s'engager, quand un claquement métallique au-dessus de sa tête, sur un panneau de signalisation indiquant une interdiction temporaire de stationnement pour cause de prochain déménagement, le fit sursauter. Gerbier comprit aussitôt. Le bref sifflement qu'il avait cru déceler avant l'impact était celui d'un pistolet muni d'un silencieux. Il recula et se baissa derrière une voiture. Le tir venait du côté du pont. Pour avoir raté sa cible, le tireur devait être à plus de dix mètres, sans doute même à plus de quinze. Ou bien, il tirait très mal. Dans les deux cas, c'était un atout. Jérôme Gerbier courut, en restant accroupi, en direction de l'autre côté de la rue, qui donnait sur une place. Vingt secondes plus tard, le pare-brise d'une voiture à côté de lui explosa sous un deuxième tir. Un scooter descendait la rue vers la place, Gerbier se coucha au sol avant de s'apercevoir qu'il ne s'agissait pas du tireur mais d'un adolescent sans casque. Le vrombissement d'un bus s'annonça depuis le pont, il en profita pour traverser la rue juste devant lui afin de changer de trottoir tandis qu'un coup de klaxon vengeur morigénait l'imprudent. Il se mit à courir debout, certes à découvert mais à une allure de sprinter. Un autre bruit de pas de course résonnait sur le trottoir parallèle, Gerbier accéléra encore. La place n'était plus qu'à une trentaine de mètres. Mais, plus éclairée que la rue, elle offrait au tireur un parfait champ de tir à découvert. Gerbier repéra un chantier, vers lequel il se précipita. Il escalada tant bien que mal un grillage de clôture planté dans des plots de béton tandis que deux nouveaux projectiles claquaient, à trois secondes d'intervalle, sur un paravent en fer posé sur le côté.

Il découvrit un vaste escalier s'enfonçant sous terre et sur sa droite, sous une bâche en plastique, ce qui devait être des escaliers mécaniques désactivés. Dévalant les marches, Gerbier se retrouva sur le quai d'une station de métro en travaux. Il fit ainsi connaissance avec la future station Saint-Cyprien de la première ligne de métro de la ville, qui serait inaugurée trois mois plus tard par le Premier ministre Édouard Balladur. L'endroit était plongé dans une quasi-obscurité, seuls quelques néons et des lampes de chantier accrochées çà et là sur des grilles, où elles semblaient avoir été oubliées, éclairaient le site. Sur la gauche, à une dizaine de mètres, il devina la voie du métro. Derrière lui, il entendit les pas de son poursuivant qui dégringolait à son tour l'escalier. Courir vers la voie et tenter de s'échapper à pied dans un tunnel long de plusieurs kilomètres équivalait à se suicider. Il repartit en courant sur le quai, qui possédait forcément une autre entrée. Gerbier s'engagea dans un couloir sur la droite, se colla dos au mur pour reprendre son souffle et tenter de repérer le tueur que plus aucun bruit ne trahissait. Évidemment, l'homme devait porter des baskets. Accroupi, Gerbier se déchaussa, noua ses derbies l'un à l'autre par les lacets et les pendit autour de son cou.

Le couloir était aussi sombre qu'une nuit sans lune, Gerbier avançait lentement. Mètre après mètre. Chaque pas le séparait un peu plus du tueur, se persuadait-il, craignant cependant qu'à tout instant une balle ne l'atteigne. Il sentit un léger dénivelé sous ses pieds, le sol carrelé laissait place à un sol en terre. Une flaque le surprit. Le petit bruit que fit son pied droit dans la flaque lui parut avoir l'écho d'une détonation. Putain, ce serait trop con de mourir dans ce couloir, les chaussettes trempées et les chaussures autour du cou… Refusant de se retourner pour voir s'il apercevait l'autre homme mais redoutant un nouveau trou ou un nouvel obstacle, il se remit en marche, encore plus lentement. Des paroles espacées de silence et venant du centre de la station résonnèrent. Gerbier ne perçut que des bribes : « station de métro », « perdu », « on n'y voit rien »… Ce n'était qu'une seule et même voix. L'homme parlait dans un talkie-walkie, ou dans un téléphone satellitaire. Et pour que la communication passe il ne pouvait pas s'engager plus avant dans les profondeurs de la station de métro.

Gerbier jugea la situation propice pour distancer le tueur. Malgré l'obscurité, son pas et son allure s'assuraient. Il devait au moins avoir parcouru cent mètres quand son tibia heurta des barres métalliques. Il reconnut instinctivement le tourniquet d'une barrière d'accès. C'était presque gagné. L'autre entrée ne devait plus être très loin. Après avoir enjambé précautionneusement le tourniquet, il déboucha sur une zone moins sombre et plus vaste, où il aperçut des escaliers semblables à ceux qu'il avait dévalés. Soulagé, il les gravit lentement tandis que le ciel apparaissait au-dessus de sa tête.

Faisant le moins de bruit possible, il se faufila à travers la succession de clôtures et de panneaux barrant l'entrée du métro. Jetant un coup d'œil aux alentours, il comprit qu'il était désormais de l'autre côté de la place. Son poursuivant pouvait être encore en train de rôder dans les parages. Les pieds trempés, Gerbier enfila ses chaussures et se dirigea vers l'avenue sur la droite. Peu de voitures circulaient, l'air frais le vivifia et depuis la première cabine téléphonique rencontrée il appela le siège de la DGSE. Le téléphone de la cabine sonna dix minutes plus tard. Les trois hommes qu'il avait réclamés en renfort dans l'après-midi étaient arrivés en début de soirée à Toulouse. L'un d'eux allait venir le récupérer d'ici quelques minutes près de sa position actuelle, ce que lui confirma son interlocutrice :

— Vous êtes donc sur les allées Charles-de-Fitte. À une centaine de mètres devant vous, vous trouverez l'ancien site des abattoirs de la ville en ce moment en travaux. Un agent viendra vous y chercher.

Gerbier raccrocha sans pouvoir réprimer un sourire. Les abattoirs. Décidément, on ne pouvait pas rêver meilleur endroit pour terminer cette soirée. Les salopards qui avaient voulu le tuer allaient s'en mordre les doigts. Il repensa à cette vieille blague d'un humour très noir dont la chute était « Cette fois, méchant ! ». Oui, cette fois, ce serait méchant.

20

Gers, lieu-dit Ker Prats
19 mars, 14 h 30

Après le déjeuner, Frédéric et Zlatko firent une sieste. Avec la tension accumulée ces derniers jours, ils avaient du repos à récupérer. Roland lança une lessive puis alla promener Rex dans les bois voisins. Le chien gambadait, se mettait à l'arrêt contre un tronc d'arbre, repartait de plus belle, creusait avec ses pattes sous des feuilles mortes. À son retour, Roland remplit le sèche-linge et prépara du café. Une demi-heure plus tard, il disposa les vêtements devant les chambres des garçons avant d'aller dans la cuisine peler des pommes de terre. Peu avant 16 heures, Frédéric se réveilla, s'habilla et retrouva son parrain. Lorsque Zlatko apparut à son tour dans la cuisine, Roland les informa qu'il avait appelé son ami, Selim Kassir, et que ce dernier attendrait Frédéric à partir de 18 h 30 devant l'agence de location de voitures de la rue Bayard et l'emmènerait chez lui, rue Saint-Rome. Quant à Zlatko, il resterait dans le Gers jusqu'à nouvel ordre.

Frédéric but deux tasses de café, donna l'accolade à Roland et serra la main de Zlatko.

— On va s'en sortir, confiance, dit-il à son étudiant en guise d'au revoir.

— Oui, j'espère. En tout cas, je vous dois déjà beaucoup à tous les deux…

Deux bonnes heures de voiture attendaient Frédéric, afin de rejoindre Toulouse. La circulation était fluide. Il songea à ce court mais étrange séjour chez son parrain. Roland était-il vraiment en mesure de rétablir la situation en leur faveur, ou bien l'irruption de Frédéric et de Zlatko n'avait-elle donné au retraité que l'illusion d'être toujours en activité ? Après tout, peut-être que Roland n'était plus qu'un vieil homme vivant parmi des fantômes à l'écart de réalités le dépassant de très loin. Il aurait sans doute mieux valu se rendre à l'homme de la DGSE plutôt que de se lancer dans ce jeu de cache-cache qui pouvait se payer au prix du sang, comme ce pauvre Christophe en avait fait l'expérience. Frédéric s'en voulut d'avoir de telles pensées et de douter de Roland. De toute façon, en ce moment, il n'avait pas vraiment le choix. Il lui fallait remettre son destin entre les mains de ce Selim. Il aurait préféré le placer entre celles de Clémence, mais ce n'était pas le moment.

À 18 h 45, Frédéric sortit de l'agence Dintrans, où il venait de déposer le véhicule de location. Un petit homme, qui n'était pas là quelques minutes auparavant, l'attendait sur le trottoir. Basané, la cinquantaine : il n'y avait guère de doutes sur l'identité de l'inconnu qui lui tendait sa main droite.

— Selim, enchanté, dit l'homme d'une voix basse. J'habite rue Saint-Rome, Roland m'a demandé de vous héberger. Si vous n'êtes pas allergique aux chats, tout ira bien. Je cohabite avec un vieux matou qui est le maître de l'appartement, mais celui-ci est assez grand pour échapper à sa présence.

— Pas de problème, je vous remercie.

Pendant qu'ils marchaient vers la place du Capitole, l'homme ne prononça plus un mot. Il avançait lentement, les mains dans les poches. Frédéric ne trouvait rien à dire pour rompre le silence. Quel sujet pouvait-on aborder avec un inconnu qui proposait de vous offrir une cache chez lui ? Un mètre soixante-dix, un léger embonpoint, une veste en cuir élimé sur un sweat, un jean trop large, des baskets usées : ce n'est pas ainsi que Frédéric imaginait les agents secrets infiltrés dans de périlleuses missions, même si celles-ci remontaient à quinze ou vingt ans plus tôt.

— Comme je vous le disais, l'appartement est assez grand, vous serez tranquille, annonça finalement Selim au début de la rue Saint-Rome.

Cette vieille rue piétonne au cœur de la ville, Frédéric l'avait fréquentée à l'occasion pour ses restaurants et ses boîtes de nuit plutôt que pour ses commerces diurnes réputés pour leurs vêtements à bas prix. Brisant les rêveries nostalgiques de Frédéric, Selim s'arrêta et sortit un trousseau de clés de la poche de sa veste.

L'appartement se trouvait au deuxième étage et donnait côté cour. Il était effectivement spacieux, constata Frédéric en découvrant d'abord un vaste salon d'environ quatre-vingts mètres carrés occupé par deux longs canapés, des fauteuils, des guéridons, une table basse en verre, des plantes en pots encadrant les portes-fenêtres. Sur la droite, on apercevait une grande cuisine équipée, au centre de laquelle se trouvait une longue table en bois. Selim prit un couloir et lui indiqua la salle de bains, les toilettes et ce qui serait désormais sa chambre. Une pièce aux murs blancs avec une bibliothèque et un petit bureau ancien. Sur le lit s'étirait un gros chat roux.

— Je ne vous avais pas menti. Voici le véritable maître des lieux. Ne découvrez pas vos pieds quand vous dormez, cela réveille ses instincts de chasseur.

Repérant le nouveau venu, le chat bondit du lit et fila à toute vitesse dans le couloir.

— Ne vous y fiez pas, il va bientôt vous adopter. Bon, je vous laisse. Je vais préparer à dîner. De la salade et de l'agneau, cela vous convient ?

— Oui, bien sûr, merci.

Une trentaine de minutes plus tard, les deux hommes dînaient dans la cuisine. Selim proposa en entrée un taboulé essentiellement composé de persil finement haché et sans semoule. Frédéric n'en avait jamais mangé de cette sorte.

— C'est le vrai taboulé oriental, en l'occurrence libanais, précisa Selim, amusé par la surprise qu'avait tenté de dissimuler son invité à la découverte du plat.

C'était délicieux, frais et goûteux à la fois. Suivirent des brochettes d'agneau copieusement épicées et accompagnées d'une plus classique laitue. Selim avait aussi ouvert une bouteille de vin dont il servit de grands verres.

— Roland vous a raconté comment nous nous sommes rencontrés, j'imagine ?

— Vaguement, oui, pas dans les détails.

— C'était une drôle d'époque. Maintenant, je suis rangé des voitures. Mais bon, si je peux dépanner les vieux amis, je suis toujours là. Il y a d'autres brochettes, je peux les faire cuire, vous en voulez ?

— Non, merci, c'était très bon.

— Roland m'a confié que l'un de vos amis avait été assassiné l'autre jour, pas loin d'ici d'ailleurs, quelques minutes après votre passage chez lui.

— Oui, oui, je ne sais pas si…

— Que les choses soient claires : vous ne sortez pas de cet appartement sans moi. Même pour acheter le journal ou des cigarettes. Ce sont les consignes de Roland et nous allons les suivre au pied de la lettre. Au premier abord, je ne suis pas très impressionnant, comme vous avez dû le constater, mais c'est un atout et je suis équipé. En quelque sorte, je serai votre garde du corps. Vous avez déjà bu de l'arak ?

Selim avait parlé avec une douceur qui ne tolérait cependant pas la négociation. La soirée se prolongea dans le salon en compagnie du chat, qui venait réclamer des caresses à l'inconnu de la maison en se frottant à ses jambes puis en grimpant sur le canapé pour lui donner des petits coups de tête dans le bras. De son côté, Selim préparait les verres d'arak. De la glace, une dose d'arak puis de l'eau, qui se teintait d'un blanc laiteux au contact de l'alcool distillé. Encore une découverte pour Frédéric.

— C'est une boisson qui prête à la méditation, annonça Selim. Pour moi, c'est comme entrer dans une église. Vous êtes croyant ?

— Je ne sais pas, j'ai été élevé dans la religion catholique, mais je ne pratique pas.

— Un jour ou l'autre, vous reviendrez dans la maison du Père. Bon, je vais me coucher. Si vous n'avez pas sommeil, vous avez la télévision et des livres dans la chambre.

— Merci, je crois que je vais rester un moment dans le salon, si cela ne vous dérange pas. Pour méditer…

— Bien entendu, et si voulez de l'arak, n'oubliez pas : la glace, l'arak et l'eau. Dans cet ordre.

— Merci, Selim, c'est bien compris.

Le chat hésita en voyant son maître regagner sa chambre, mais décida finalement de rester auprès de l'inconnu, qui lui caressait le crâne avec une application méritant moult ronronnements.

21

Toulouse, quartier des Minimes
18 mars, 23 h 30

Stéphane Lavergne, agent de la DST, récupéra Gerbier au lieu de rendez-vous sur les allées Charles-de-Fitte et le déposa à son hôtel afin qu'il y prenne ses affaires et règle sa chambre avant qu'ils rejoignent leur camp de base situé sur l'avenue des Minimes. Un petit immeuble ancien, composé de deux appartements indépendants, avait été mis à disposition des trois agents dépêchés par la DST et de Gerbier. Il s'agissait pour lui d'être moins exposé qu'à son hôtel. Désormais, ils ne communiqueraient plus que par téléphones satellitaires sécurisés et chaque binôme occuperait un appartement différent en cas d'attaque de leur repaire. Depuis la tentative d'élimination de Gerbier, les choses avaient changé. La guerre était maintenant ouverte entre les services et plus précisément entre les groupes et factions à l'œuvre dans ce théâtre d'ombres. Plus question de faire dans la finesse. Il fallait frapper en premier, vite et fort.

Gerbier fit connaissance avec les deux autres agents, Cédric Moreau et Arnaud Maulin, dans l'appartement du rez-de-chaussée puis rejoignit celui du premier, qu'il partagerait avec Stéphane. Celui-ci lui signala la présence de plats cuisinés dans le congélateur, mais Gerbier déclina l'invitation. Des packs d'eau encombraient la petite cuisine ainsi que le réfrigérateur, dans lequel il dénicha néanmoins trois bières. Il en ouvrit une, qu'il but au goulot en fumant une cigarette, alla se doucher et se coucha. Des instructions allaient tomber. À Paris, Maréchaux et sa garde rapprochée s'activaient.

À 4 heures du matin, Cédric et Arnaud furent réveillés par un appel. Ils avertirent leurs partenaires qu'ils partaient vérifier une information et prirent aussitôt la direction du quartier de Bellefontaine à bord de l'une des deux Golf dont ils disposaient, la BMW aurait été trop voyante. Bellefontaine est l'un des trois quartiers composant l'ensemble du Mirail, au nord de la ville, une sorte de cité nouvelle créée dans les années soixante par des architectes naïfs à mille lieues d'imaginer que ces ensembles de tours et de HLM deviendraient vite des ghettos propices au trafic et à la délinquance.

Les deux agents devaient se rendre dans une petite villa située dans une allée calme bordée de mûriers. À vingt mètres de là, Cédric repéra un homme au volant d'une voiture stationnée, mais n'en fut pas surpris car on l'avait prévenu que l'endroit était sous surveillance. Lui et Arnaud sonnèrent à la grille d'entrée et un jeune Maghrébin athlétique sortit du pavillon.

— Nous venons voir Ahmed.

Sans dire un mot, le jeune homme les invita d'un geste à pénétrer dans la maison. Ahmed Kechiche, quadragénaire au crâne rasé et à l'allure sportive, confirma aux deux agents les informations reçues un peu plus tôt. Arnaud appela Stéphane pour lui dire de les rejoindre au plus vite avec Gerbier. Comme annoncé par Maréchaux, les « colis » avaient bien été livrés.

— Où allons-nous ? demanda Gerbier à Lavergne, qui conduisait.

— À quinze minutes d'ici environ, en banlieue. On retrouve les autres. L'un de nos contacts locaux a mis la main sur trois hommes impliqués dans l'affaire Topalovic. Au moins un serait de la DGSE. On a carte blanche, a dit Maréchaux.

Pendant ce temps, Cédric Moreau téléphonait au premier adjoint de François Delandre au siège. Les consignes ne pouvaient être plus claires. Quand Gerbier et Lavergne arrivèrent à leur tour, ils découvrirent leurs deux collègues debout dans une vaste cuisine en compagnie d'Ahmed Kechiche et d'un dénommé Farid, copie conforme de Kechiche. Fils, frère, cousin, ni Gerbier ni Lavergne ne posèrent de questions. Le jeune homme qui les avait accueillis complétait l'assemblée.

— Cela fait plusieurs jours que j'ai été sollicité et j'ai mis toutes mes relations en action. Toulouse est un gros village et ses quartiers fourmillent d'yeux et d'oreilles qui ne demandent qu'à rendre service. Un peu avant minuit, on a récupéré à un kilomètre d'ici, dans un immeuble, deux types qui s'étaient installés là il y a moins d'une semaine. Des looks de militaires ou de flics, pas des touristes. De toute façon, il n'y a jamais de touristes, ici ! On les avait à l'œil. Dans l'appartement, il y en avait un autre. Ils sont en bas. On ne les a pas touchés, résuma Kechiche.

Pendant ce bref monologue évoquant le bilan hebdomadaire d'un honnête travailleur à son patron, le jeune Maghrébin renifla bruyamment, ce qui lui valut un signe du menton sans équivoque de la part de Farid.

— Si vous voulez me suivre, ils sont à la cave. C'est par là, continua Kechiche en s'engouffrant dans une étroite descente d'escalier.

Ce n'était guère le moment de poser des questions superflues ou de demander les CV des personnes en présence et les quatre agents s'en abstinrent. En d'autres circonstances, ils auraient pu apprendre qu'Ahmed Kechiche, un Franco-Algérien, était l'un des plus gros trafiquants de drogue du Sud-Ouest. Cannabis uniquement, pas d'héroïne ni de cocaïne. Pas de sang sur les mains, enfin pas de sang versé ayant entraîné la mort de quiconque à ce jour selon les informations officielles, et seule cette nuance comptait. Les RG et la DST les couvraient, lui et son réseau composé d'une foule de lieutenants, de soldats, de petits et de gros dealers, de guetteurs. Quand certains étaient pris, ils passaient en général entre les mailles du filet. Les employés de Kechiche savaient se tenir. Pas de violences gratuites, pas de voitures incendiées, une conduite irréprochable face à la police. Cela facilitait les compromis.

D'autant que l'économie parallèle de Kechiche faisait vivre plusieurs centaines de familles au Mirail. En échange de son impunité, il rendait des « services », notamment concernant des islamistes algériens ou franco-algériens installés ou de passage à Toulouse, impliqués de près ou de loin dans la guerre déchirant l'ancienne colonie française.

Cette nuit-là, le service rendu prenait la forme de trois hommes assis sur des chaises, les jambes attachées, les mains liées derrière le dos, les visages dissimulés sous des cagoules. Tel le serveur d'un grand restaurant dévoilant des plats présentés sous des cloches, Ahmed ôta leurs cagoules aux trois hommes. Les prisonniers respirèrent bruyamment en détournant les yeux de l'ampoule nue qui jetait une lumière crue sur leurs visages.

— Vous pouvez nous laisser un moment ? demanda Cédric, interrogation ne laissant pas d'autre choix à Kechiche, qui quitta la cave avec ses sbires. Vous les reconnaissez ? poursuivit-il en s'adressant à Gerbier.

Les prisonniers de droite et du milieu, la petite trentaine, portaient des survêtements noirs à capuche et des baskets. Ils correspondaient au vague signalement que Berthet avait dressé des individus ayant visité son appartement, remarqua Gerbier. Impossible de dire si l'un d'eux avait tenté de le tuer quelques heures plus tôt. Quant au troisième, à gauche, il portait un blouson aviateur en cuir beige, un jean, des baskets. Bien que taillé, il n'avait pas l'allure affûtée des deux autres et devait avoir une petite dizaine d'années de plus qu'eux.

— Impossible, hier soir il faisait trop sombre.

— Lui, il est de chez vous ! lança Arnaud à Gerbier pendant que Lavergne prenait des portraits des trois hommes avec un appareil photo compact. Loïc Richez, DGSE depuis 1988. Son nom a été lâché par quelqu'un dans la maison. Son voisin, on saura bientôt, mais cela ne fait guère de doute qu'il est de chez vous aussi. C'est Placid et Muzo, ces deux-là, compléta-t-il. Quant au troisième, là, Philippe Lafont, c'est un ancien de la Légion devenu barbouze dans les années quatre-vingt. Il magouille à l'extrême droite de l'extrême droite et il est allé combattre en Croatie il y a moins d'un an avec d'autres néonazis français…

— On pourrait les cuisiner, leur proposer de les retourner, passer un marché, mais l'heure n'est plus vraiment à la diplomatie et aux négociations, intervint Cédric.

— Si vous avez vraiment quelque chose d'intéressant et d'utile à nous dire, on vous écoute, ajouta Arnaud. Sinon, c'est au revoir et adieu, les gars.

Dans une fiction, ces menaces auraient été contrebalancées par l'attitude conciliante d'autres agents. *Good cops, bad cops.* Mais la proposition d'Arnaud semblait de pure forme et Gerbier avait compris que le sort de ces hommes était scellé. Il demanda néanmoins à téléphoner à Maréchaux.

Dans la cuisine, Kechiche et Farid, qui échangeaient en arabe, le laissèrent seul et se dirigèrent vers le salon voisin pendant qu'il composait le numéro de la DGSE sur son téléphone cellulaire.

Maréchaux décrocha immédiatement et ne lui laissa ni le temps d'exposer la situation, qu'il connaissait déjà, ni ses réticences, qu'il devinait sûrement :

— Nous sommes passés à une autre phase, mon cher Jérôme. Ils ont des infiltrés, nous avons des infiltrés. Nous avons des traîtres et des agents doubles dans nos rangs. Eux aussi. Pas de quartier et que chacun sache à quoi s'en tenir. Hier, c'est vous qui avez manqué d'y passer…

— Je comprends.

Alors qu'il s'apprêtait à redescendre dans la cave, il vit ses trois collègues en remonter. Cédric parlait à Kechiche, mais Gerbier n'entendit que la réponse de celui-ci :

— Non, on n'y touche pas. On vous débarrasse des corps, mais on ne fait pas le boulot à votre place.

Cédric opina, sortit de la maison pour rejoindre son véhicule, revint deux minutes plus tard, muni du silencieux qu'il venait de récupérer, et descendit seul à la cave. Il ne fit aucun commentaire en remontant. Le même silence accompagna le départ des quatre agents. Dehors, le jour n'allait pas tarder à se lever.

22

Gers, lieu-dit Ker Prats
20 mars, 8 h 30

On était samedi matin, le soleil naissant promettait une belle journée. Roland s'était réveillé peu avant 6 heures, était descendu boire un café puis s'était recouché, le regard fixé vers la fenêtre, dont il avait ouvert les volets. Une douche plus tard, rasé et habillé, il passa devant le fax du petit bureau sur lequel donnait la chambre. Un message était arrivé une demi-heure plus tôt, à 7 h 38.

« Une équipe – 4 à 6 éléments – se rend chez toi d'ici 24 heures pour un nettoyage complet. FD. »

Il arracha la feuille, la mit en boule dans la poche de son pantalon, descendit dans la cuisine et ouvrit la porte pour se rendre au garage, suivi de près par Rex, heureux de retrouver son maître. Les deux fusils étaient encore graissés depuis la dernière chasse au sanglier, un mois auparavant. Les cartouches ne manquaient pas. Roland revint dans la cuisine, son hôte était levé et buvait un café en lisant un magazine vantant l'esprit du Sud-Ouest.

— Bonjour, gamin, bien dormi ?

— Oui, merci, je me suis permis… annonça l'invité en brandissant le magazine déniché sous la table basse du salon.

— Pas de problème, tu veux manger quelque chose ?

— Merci, j'ai pris un café, cela me suffit.

— Parfait.

Roland ajusta des bûches dans la petite cheminée du salon et alluma le feu avant d'y jeter la feuille du fax. Il s'assit sur le canapé, songea à ce qu'il avait à faire, souffla longuement dans un soupir où la résignation se mêlait à une certaine fatigue. Zlatko lavait sa tasse à café quand Roland lui intima de le suivre.

— Viens, on va rendre visite à mon ami Fortunato, un voisin.

Avec Jean-Louis Fortunato, dont les ancêtres italiens s'étaient installés ici près d'un siècle plus tôt, Roland Lafarge entretenait depuis dix ans l'une de ces amitiés sans ostentation dont la vie rurale a le secret. Des parties de chasse, des apéros, des coups de main pour rentrer du bois ou élaguer des arbres, pour réparer un tracteur ou couler du béton : cela suffisait à sceller une confiance réciproque qui n'avait pas besoin de mots.

Roland siffla et Rex se précipita à l'arrière du Range Rover. Une dizaine de minutes plus tard, la voiture montait sur un chemin en terre et accédait à la ferme des Fortunato, composée d'une maison de plain-pied, de deux granges, d'un cabanon et d'un champ où des vignes disputaient l'espace à des herbes sauvages. Les visiteurs n'eurent pas besoin de klaxonner pour que le maître des lieux s'avance. Roland et Zlatko descendirent de la voiture, suivis de Rex, auquel deux bâtards roux firent la fête.

— Salut, Jean-Louis, je te présente Xavier, mon filleul, il est venu passer quelques jours.

Les trois hommes se serrèrent la main. Roland enchaîna :

— Dis-moi, tu peux garder Rex quelques jours ? Il faudra l'attacher, je ne veux pas qu'il revienne à la maison. Je vais m'absenter.

— Bien sûr. Tu pars longtemps ?

Roland se gratta la joue droite avant de répondre :

— Je ne sais pas trop, des affaires à régler à Toulouse. Quelques jours peut-être.

Fortunato n'insista pas.

— Vous voulez un café ?

— Non, merci. Frédo est là ?

— Non, il était à l'anniversaire du fils Faubert hier soir, je pense qu'il devait être trop saoul pour rentrer…

— Pas grave, est-ce que ton fils a toujours ses pièges à animaux, ou les gendarmes les lui ont pris ?

— On en a quelques-uns dans la grange, tu en veux combien ?

— Deux ou trois, ce serait bien, des taupes me saccagent le jardin.

Dans la remise qui abritait un quad, divers moteurs, plusieurs deux-roues motorisés et une charrette, le père Fortunato souleva une bâche derrière une moto couverte de boue et brandit les ustensiles avec précaution.

— Ils sont fermés, mais prenez-les par le fil de fer, dit-il en tendant deux pièges à Roland et un troisième au jeune homme. Cela peut vous sectionner une main ou un bras. Tes taupes vont passer un sale moment.

— J'espère bien, répondit Roland en souriant. Encore une chose. Les grenades à plâtre dont ton couillon de fils se servait, au lac, il t'en resterait pas ?

— Si, c'est pour tes taupes aussi ?

— Oui, ces saletés de taupes.

Fortunato s'enfonça plus loin dans la remise, ouvrit un coffre et revint comme à regret avec un sac de jute.

— Tu en veux combien ?

— Trois ou quatre devraient suffire. C'est juste pour les effrayer.

— Prends tout, on ne sait jamais.

Ils rejoignirent le Range Rover. Fortunato dévisagea le filleul puis s'adressa à son ami :

— T'as besoin de rien d'autre ? Tu es sûr ?

— Non, je te remercie. Tu salueras Yvonne.

— Oui, elle est à la messe. Elle doit prier pour nous.

— Elle a bien raison. À plus, Jean-Louis, et merci encore.

— De rien, sois prudent. Et si tu veux un coup de main pour tes taupes… ou autre chose, tu sais où me trouver. Je peux venir avec Frédo et Gilles, aussi.

Roland, qui s'apprêtait à s'engouffrer dans sa voiture, releva la tête et sans regarder Fortunato lui lança :

— Occupe-toi bien de Rex, surtout !

— Ne t'inquiète pas pour lui.

— Au revoir, Jean-Louis.

— Au revoir, Roland.

Rex jouait et gambadait avec ses deux congénères. Il n'avait pas vu son maître partir.

Je l'attacherai plus tard, se dit Fortunato, envieux de l'insouciance du chien.

23

Paris
Nuit du 19 au 20 mars

— On sait où est Maric, prenez des hommes avec vous et allez le chercher.

— Entendu.

— Je vous rappelle dans une demi-heure pour les détails.

24

Gers, lieu-dit Ker Prats
20 mars, 20 h 50

Lorsqu'il avait acheté cette maison, en 1983, l'idée de ne pas avoir de voisins immédiats et de pouvoir observer à des kilomètres à la ronde le moindre véhicule sur la route qui passait devant la propriété avait plu à Roland. L'endroit idéal pour prévenir un assaut, s'était-il dit sans savoir qu'un jour cette situation se profilerait et qu'il pourrait vérifier alors le bien-fondé de son intuition. Depuis l'armée, il avait pris l'habitude de s'asseoir, dans un bar, un restaurant ou tout autre lieu public, de façon à pouvoir surveiller les entrées. Cela avait permis à l'un de ses camarades officiers d'échapper à un mitraillage dans un café d'Alger en 1959. Voir le danger arriver ne vous garantit pas de survivre, mais met plus de chances de votre côté.

Le soir était tombé. Roland était assis dans un fauteuil devant l'une des fenêtres du grand salon au premier étage, là où il avait installé sa pièce de visionnage pour les films chers à son cœur qu'il revoyait grâce à son imposante collection de VHS. Il avait laissé les volets entrouverts de façon à observer l'arrivée d'un quelconque véhicule. La paire de jumelles sur la table basse n'était d'aucune utilité. Certes, il faisait presque nuit noire et un maigre quart de lune et quelques étoiles éclairaient faiblement les environs, mais la moindre lumière de phare se chargerait d'annoncer une présence étrangère. Ce qui se produisit peu après 23 heures. Deux puis quatre petites boules jaunes brillèrent depuis la colline d'en face, après la ferme abandonnée des Besnard, et descendirent la route lentement en serpentant. Une seule voiture aurait pu laisser subsister un doute. Dans les circonstances présentes, il n'y en avait pas.

Dans quelques minutes, les véhicules arriveraient par l'est. Roland ne pourrait plus fuir. Option qu'il n'avait jamais envisagée.

Phares désormais éteints, deux 4 × 4 s'approchèrent, l'un derrière l'autre, de la grille d'entrée de la maison. Le portail n'était pas verrouillé, à quoi bon. Les engins avancèrent doucement en faisant crisser leurs pneus sur le gravier puis stoppèrent. Malgré l'obscurité, Roland distingua quatre hommes qui sortaient du premier 4 × 4. Aucun mouvement dans le second, qui recula pour se positionner de travers, à l'abri du chêne et du saule le protégeant des timides lueurs de la lune, comme pour empêcher une improbable fuite de l'autre véhicule. Les quatre hommes, cagoulés, munis de gilets pare-balles et entièrement vêtus de noir, s'avancèrent en file indienne. Les deux derniers du groupe s'éclipsèrent chacun vers un côté de la maison. Depuis sa position, Roland ne put voir où. Tout juste repéra-t-il un pistolet-mitrailleur en bandoulière. Ils devaient couvrir les deux premiers, qui continuaient de marcher vers l'entrée de la maison.

La porte vitrée n'était pas fermée à clé. L'un des hommes entra, un revolver dans la main droite, une petite lampe torche dans la main gauche, qui balaya de son faisceau le salon donnant accès à la cuisine droit devant, à un escalier à gauche de la cuisine et à un autre salon encore sur la gauche. Son collègue le suivait, un mètre derrière lui, son revolver également brandi, mais sans avoir allumé sa torche. Le premier homme contourna un canapé en cuir par la droite et repiquait vers la gauche entre le canapé et une table basse quand les mâchoires d'un piège à animal se refermèrent dans un claquement sourd au-dessus de sa cheville gauche.

Il chancela, étouffa un cri suivi d'un « Putain… », parvint à s'asseoir sur le canapé. Le piège était attaché à l'un des pieds de la table en fer forgé. L'autre homme, derrière le canapé, alluma sa lampe, comprit ce qui s'était passé et s'apprêtait à venir en aide au blessé quand ce dernier le stoppa en lui indiquant d'un mouvement de sa lampe de se replier vers le salon voisin. Deux grenades à plâtre, lancées depuis l'escalier, explosèrent alors, presque simultanément, dans la pièce. L'homme sur le canapé tira à deux reprises en direction du passage donnant sur la cuisine et deux autres fois vers l'escalier. Son équipier sortit en titubant, abandonnant son compagnon d'infortune.

Derrière le 4 × 4 garé à l'abri des arbres, un sniper posté sur le capot de la voiture repéra celui qui battait en retraite par la lunette à visée nocturne de son fusil. Il l'aurait abattu en d'autres circonstances, mais retint son mouvement d'humeur. À l'intérieur, le blessé avait eu les oreilles vrillées par les déflagrations et la poussière dégagée par les grenades le faisait tousser. La douleur dans la jambe gauche s'aggravait, il avait laissé échapper la lampe qui au sol éclairait le piège, il se cramponnait à son pistolet comme à une bouée qui lui offrirait un ultime espoir de survie.

À l'extérieur, les deux assaillants chargés de sécuriser les abords de la maison reçurent sur leurs émetteurs radio l'ordre de secourir leur collègue. Ils encadraient maintenant la porte d'entrée laissée ouverte par le fuyard et s'adressèrent au blessé :

— Quelle est la situation ? Combien à l'intérieur ?

Pas de réponse. L'autre, presque sourd, ne percevait que des ondulations sonores, mais aperçut en se retournant les deux hommes équipés de pistolets-mitrailleurs à canon court et leur fit signe de s'approcher. L'un d'eux se posta à genoux dans l'entrée, arme tendue devant lui. Il vit le piège attaché à la table basse et comprit aussitôt qu'il ne pourrait pas tout seul, et même accompagné, extraire le blessé de sa position.

— On revient, tiens bon, lui lança-t-il avant de ressortir tête baissée tout en indiquant à celui qui l'avait accompagné de se replier vers les 4 × 4.

Le sniper était toujours en position, l'homme ayant participé au premier assaut avant de fuir était assis contre le flanc de la voiture. Il avait enlevé sa cagoule et se massait les oreilles, qui bourdonnaient encore. Les deux autres avaient aussi ôté leurs cagoules et virent se diriger vers eux le chef de l'opération, qui venait de sortir de l'autre 4 × 4.

L'homme, un quinquagénaire roux en costume et coiffé en brosse, demanda des explications sans ménagement :

— C'est quoi, ce bordel ? Vous êtes infoutus de neutraliser un retraité de l'armée et un blanc-bec qui n'a jamais tenu une arme, bordel de merde ? Et toi, espèce de tarlouze, tu laisses ton camarade dans la panade et tu t'arraches ? marmonna-t-il en donnant un coup de pied à l'homme assis, qui se releva péniblement.

— Tango 1 a été pris dans un piège à loup fixé à une table. Impossible de l'extraire sans prendre de risques. Je crois qu'en plus il n'entend plus rien, déclara celui qui avait tenté de le secourir en vain.

— Écoutez-moi bien, bande de branquignols, on ne va pas y passer la nuit. Vous deux, vous allez buter ces cons, on se fout de Tango 1, et toi, la tafiole, tu vas les couvrir. Alpha 1, tu restes en place, dit-il au sniper, et Alpha 2 couvre les arrières de la bâtisse. C'est clair ?

À peine le grand chef avait-il achevé de donner ses consignes que deux autres explosions retentirent dans la maison. L'homme pris au piège était maintenant à moitié inconscient après l'impact des nouvelles grenades. Il savait néanmoins qu'il allait mourir. Au moment de lâcher son dernier souffle, on voit parfois, dit-on, défiler son existence – ou du moins une partie de celle-ci, ce qui paraît plus probable. Quoi qu'il en soit, ces types de témoignages, propagés par nombre de fictions ou d'individus ayant traversé des « expériences de mort imminente », demeurent sujets à caution. L'homme sur le canapé ne vit rien défiler du tout, mais il aperçut la silhouette de Roland qui venait vers lui. Il sentit le contact de la lame sur sa carotide puis plus rien, sinon, l'espace de quelques secondes, son sang chaud s'écoulant vers sa poitrine.

Roland remonta à l'étage et regagna la fenêtre de la pièce dédiée au visionnage de ses films préférés. Il reprit son fusil de chasse à lunette, celle-ci malgré la nuit offrant un atout supplémentaire. Il repéra deux hommes qui s'avançaient, leurs pistolets-mitrailleurs dressés devant eux. Il attendit, attendit encore, puis à un peu moins de dix mètres, avant qu'il sorte de son angle de tir, tira dans la tête du second. Celui-ci s'affaissa. Aucun doute sur le résultat du tir. Une poignée de secondes plus tard, des balles vinrent se ficher dans les volets en bois de la fenêtre entrouverte, l'une d'elles fracassant un carreau. Le sniper l'avait repéré. Roland s'assit sur la gauche, referma les volets avec le canon du fusil puis se dirigea sur sa droite, vers la troisième fenêtre de la pièce. Il fallait faire vite. Le premier pistolet-mitrailleur devait être maintenant dans la maison. Restait le troisième, qui couvrait les deux autres quinze mètres derrière. Roland ouvrit doucement la fenêtre derrière les volets, il ne pouvait pas le mettre en joue sans découvrir sa position, l'homme n'était qu'à trois mètres de la porte d'entrée. Alors, il lança une puis deux grenades à plâtre en direction de l'homme, qui battit à nouveau en retraite. Là, il pouvait l'ajuster. Ce dont il ne se priva pas. Pleine tête, là encore.

Au rez-de-chaussée, Tango 3 découvrit le cadavre égorgé de Tango 1 et se promit de tuer le salopard qui avait fait cela, promesse superflue puisque telle était sa mission depuis le début et que la cible avait également éliminé Tango 4 et Tango 2. Tango 3 emprunta l'escalier qui bifurquait vers la droite en débouchant sur un couloir. Là, il repéra un autre piège à loup, qu'il enjamba sans difficulté, mais ne vit pas le fil barbelé tendu juste derrière, à dix centimètres du sol. Il chuta et une ombre fondit aussitôt sur lui. Il reçut une balle dans le dos, protégé par le gilet, puis sentit le canon froid d'un fusil se poser sur sa tête. Le second tir projeta des éclats d'os et de matière cérébrale sur les rangers de Roland. Quatre morts. La situation n'était pas si mauvaise. D'après le fax de Delandre, l'équipe devait comprendre entre quatre et six hommes. Les survivants avaient-ils encore des ressources ? Comprenaient-ils maintenant qu'ils pouvaient tous y rester et qu'un repli valait mieux qu'une mise à mort ?

Roland enjamba sa victime, lui prit son pistolet-mitrailleur et, muni de ses trois dernières grenades, descendit par l'escalier. La cuisine lui parut un repaire sûr. Occupé à charger l'arme, qui ne lui était pas familière, il n'entendit pas la discrète ouverture de la porte donnant sur le champ et la grange derrière la maison. Alpha 2 lui tira deux balles dans le dos et l'acheva d'un dernier tir dans la tête.

25

Gers, lieu-dit Ker Prats
20 mars, quelques heures avant l'assaut

De retour chez lui après la visite chez Fortunato, Roland appela la DST et demanda à parler à François Delandre. Au bout de deux minutes d'attente, son interlocuteur lui annonça qu'il allait le rappeler d'une autre ligne. Deux autres minutes, et l'appareil sonna.

— J'ai bien reçu ton fax. Comme tu le sais ou comme tu t'en doutes, le Croate est chez moi. Que se passe-t-il exactement ?

Sans entrer dans les détails, Delandre dit néanmoins à son ancien ami ce qu'il n'aurait dit à quiconque. Dans la boîte, et plus largement dans les services, et les officines, la guerre faisait rage. À brève échéance, peu importaient les conséquences. En haut lieu, personne ne voulait trancher, personne ne voulait s'en mêler. On laissait les services « régler leurs problèmes internes ». Tous les coups étaient désormais permis.

— Tu pourrais récupérer ce Maric ?

— C'est mon vœu le plus cher. Une équipe est à Toulouse, elle doit pouvoir être chez toi d'ici deux ou trois heures.

— Vous n'allez pas le descendre ?

— Non, je te le promets, on le veut vivant plus que tout au monde. Il est trop précieux. Nous allons le mettre en lieu sûr, en lieu très sûr.

— Mais des gens de chez vous veulent le tuer...

— Je te le disais, c'est le chaos ici. Chacun veut sauver sa peau, à n'importe quel prix. Des hommes viendront vous chercher avant midi. Ton neveu est avec vous ? Lui aussi est en danger.

— C'est mon filleul, pas mon neveu. Non, il est ailleurs, en sécurité. La personne qui veille sur lui prendra contact avec toi si nécessaire. Au fait, moi je reste là.

Après quelques secondes de silence, Delandre reprit :

— Entendu. Mais je ne peux rien faire contre ceux qui vont venir chez toi pour tuer Maric.

— Ce n'est pas grave, il ne sera plus là si tes hommes ne se dépêchent pas de le récupérer. Vous savez où j'habite ?

Ils savaient bien sûr. Ils savaient cela et tant d'autres choses.

— Au revoir, Roland.

— Au revoir, François, et merci.

Roland appela Selim. Frédéric était sous la douche, ils pouvaient parler librement. Roland se contenta de lui donner des instructions concernant un compte bancaire, dans le cas où il ne pourrait le joindre dans les jours ou semaines à venir.

Puis il évoqua François Delandre si Frédéric avait besoin de protection plus serrée.

— Tu ne veux pas lui parler ? demanda Selim.

— Non, je n'ai pas de temps à perdre. Je dois m'organiser. Dis-lui juste que j'ai appelé et que son ami Zlatko est en sécurité. Je reprendrai contact dès que possible.

— Comme tu veux, sois prudent.

Durant le trajet les ramenant de chez Fortunato, Roland et Zlatko étaient restés silencieux. Aucun n'avait osé rompre ce pacte tacite. L'un comme l'autre savaient que le moment viendrait. Après ses coups de fil, Roland retrouva le jeune homme assis sous la tonnelle de la terrasse. Son regard était posé sur les collines en face, sur ce paysage si paisible.

— J'ai fait du café, tu en veux ? proposa Roland, une tasse dans chaque main.

— Je veux bien, merci. Je ne vois pas de traces de taupes dans le jardin, mais je ne suis pas un spécialiste, dit Zlatko.

— Mieux vaut prévenir que guérir, dit-on, répondit Roland en portant sa tasse à ses lèvres.

— Nous allons vraiment aller à Toulouse ?

— Toi, oui. Moi, je reste.

Zlatko se tourna vers lui, interloqué.

— N'aie pas peur, tu n'as rien à craindre. Des gens de la DST vont venir te chercher pour te mettre à l'abri. Ici, ce n'est plus sûr.

Il lui parla de ce qui l'avait lié dans une autre vie à François Delandre, à la confiance totale qu'il lui vouait. Par-delà les années, la fidélité à la parole donnée et les combats partagés comptaient plus que n'importe quelle promesse officielle.

— Sans des hommes comme lui, les otages français ne seraient jamais revenus du Liban. Il sait comment sauver des innocents et tu ne peux pas être dans de meilleures mains, fais-moi confiance.

— Et vous, qu'allez-vous faire ?

— Tu sais, j'ai plus de soixante-dix ans, je suis trop vieux pour la cavale et je suis ici chez moi. C'est Frédéric et toi qui êtes en danger, pas moi.

— Et ces pièges, ces grenades ?

— Simples mesures de précaution.

Roland se leva et fit diversion en invitant Zlatko à prendre des vêtements de rechange, quelques tee-shirts, polos ou caleçons dans la chambre de son fils.

— Ils ne sont pas de la dernière mode, mais ça te dépannera si besoin.

Laissant le jeune homme faire son choix, Roland descendit allumer le feu dans la cheminée du salon puis ouvrit le portail du jardin. Il était près de 11 h 30, les types de la DST n'allaient pas tarder. En effet, vingt minutes plus tard, une berline BMW noire s'engagea dans l'allée en faisant craquer le gravier avant de se garer devant la maison.

Roland apparut sur la terrasse. Jérôme Gerbier et Cédric Moreau sortirent du véhicule, Stéphane Lavergne resta au volant. Les présentations faites, Roland ironisa :

— DGSE, DST : voici une coopération parfaite. Si après cela notre ami n'est pas sous bonne garde… D'ailleurs, je vais le chercher. Je ne vous propose pas un café, j'imagine que vous êtes pressés…

Gerbier opina, Moreau eut l'air contrarié. Finalement, tout le monde se retrouva autour d'un café dans la cuisine, Lavergne y compris.

— Monsieur Maric, vous m'avez causé bien des soucis. Vous et M. Berthet m'avez filé entre les doigts l'autre jour à Toulouse, dit Gerbier, tempérant ses reproches d'un sourire.

— Je ne pouvais faire confiance qu'à Frédéric, mon oncle traitait avec des hommes comme vous et il en est mort.

— Nous sommes là pour que vous ne subissiez pas le même sort. Cela a d'ailleurs failli me coûter la vie pas plus tard qu'hier soir…

— Bon, vous réglerez cela durant le trajet, vous aurez au moins un sujet de conversation, coupa Roland.

— Merci pour les cafés, dit Gerbier en donnant le signal du départ.

Zlatko se leva, prit le petit sac de sport dans lequel il avait glissé des vêtements, le posa sur une chaise et se tourna vers Roland.

— Merci, Roland, merci pour tout, dit-il en écartant légèrement les bras et en s'avançant pour lui donner une accolade, quitte à contrarier sa pudeur naturelle.

Roland serra le jeune homme en lui donnant deux tapes sur l'épaule gauche.

— De rien, mon garçon. Sois prudent maintenant.

Zlatko ne répondit rien, se contentant d'un regard scellant le secret entre eux. Il ne connaissait Roland que depuis quarante-huit heures, mais il savait qu'il ne l'oublierait pas.

— Allez, en route, indiqua Gerbier.

— Prenez soin de lui, ajouta Roland.

— Vous avez ma parole, monsieur Lafarge.

La voiture manœuvra puis se dirigea vers la route. En temps normal, Rex l'aurait accompagnée en aboyant, se dit Roland, mais ce n'était pas un temps normal. Rex lui manquait déjà. Il aurait aimé lui gratter le crâne, lui rendre son regard plein de reconnaissance, observer une fois encore cette innocence qu'il lui enviait.

Roland aurait pu partir. Avec ces hommes, ou seul. La fierté et la lassitude le retenaient. Fuir ? À quoi bon ? Il avait fait son temps. Il était un vieil homme et ce ne serait pas la pire des journées pour mourir.

26

Toulouse, avenue des Minimes
20 mars, 14 h 30

Deux heures après avoir quitté Lafarge, Gerbier, Moreau et Lavergne préparaient depuis leurs appartements des Minimes l'exfiltration de Zlatko Maric. Durant le trajet vers Toulouse, Jérôme Gerbier avait annoncé au jeune homme la suite des opérations. Il allait passer quelques jours dans le plus grand secret dans un endroit sécurisé dépendant de la DGSE. « Planque », « *safe room* », « donjon », « château fort », « QHS » : les termes variaient pour désigner ce type de lieux. Ils servaient à placer sous protection des témoins, des informateurs, des repentis. Celui qui accueillerait Maric avait abrité des membres de l'ETA en rupture de ban, des ex-agents ou officiers algériens, des opposants iraniens, et même un banquier suisse. C'était une sorte de sas de décompression avant que ces individus soient installés à l'étranger, plus rarement en France, relâchés dans la nature ou parfois même remis entre les mains de ceux qu'ils avaient trahis. En l'occurrence, la cache destinée à Maric, parmi la trentaine que comptaient les services dans l'Hexagone, correspondait à l'une des plus sûres du territoire.

Il s'agissait d'une sorte de chalet transformé en bunker sur la sinueuse départementale 929 permettant aux automobilistes français de rejoindre l'Espagne via les Pyrénées. À flanc de montagne, dissimulé derrière des arbres et une végétation fournie, l'endroit était quasiment insoupçonnable. Seule une passerelle, donnant sur la route, pouvait éventuellement indiquer à un automobiliste attentif l'existence d'un site qui ne saurait être, au regard de la topographie, qu'un poste d'EDF, des Routes et Chaussées ou d'une quelconque administration technique. La passerelle donnait accès à un portail en fer de trois mètres de haut dont l'ouverture laissait découvrir sur la gauche un garage pouvant abriter un véhicule et en face la porte blindée d'une petite habitation largement encastrée dans la paroi rocheuse. À l'intérieur de ce blockhaus, contenant des vivres pour tenir trente jours coupés du monde, se trouvaient trois chambres, une salle de bains, un salon-cuisine ainsi qu'au sous-sol une pièce transformée en salle de sport, rudimentaire mais suffisamment équipée pour maintenir la forme physique élémentaire d'un humain. Une cinquantaine de livres, un peu moins de VHS, une télévision et un magnétoscope attendaient les futurs occupants. Sur la droite du chalet, un étroit passage donnait accès à un patio offrant un espace d'une trentaine de mètres carrés pour respirer à l'air libre. Le site disposait encore de liaisons radio sécurisées et d'une couverture satellitaire permettant d'utiliser des téléphones. Deux agents étaient en mesure d'y élire domicile en compagnie de la personne à protéger.

Depuis les Minimes, Moreau et Lavergne prirent leurs consignes auprès d'un agent du siège parisien de la DGSE : à trente kilomètres du site, dans un chalet en face d'une station-service, l'agent de permanence leur confierait les clés et les codes nécessaires à la mise en fonctionnement du repaire. Là-bas, ils échangeraient aussi leur berline BMW contre un 4 × 4 blindé. À 15 h 30, ils quitteraient Toulouse afin d'être au refuge pour le dîner.

Jérôme Gerbier et Arnaud Maulin devaient rester en ville pour retrouver Frédéric Berthet, le mettre lui aussi à l'abri et surtout récupérer les documents en sa possession. Il ne fallait pas compter sur Lafarge pour en savoir plus. Celui-ci leur avait remis Maric et avait sans nul doute trouvé un lieu de repli à son filleul. Gerbier penchait pour la solution de facilité : Toulouse. C'eût été logique et cela l'arrangeait : il était épuisé. Il avertit Arnaud qu'il allait dormir une heure. À 19 heures, Lavergne les informa qu'ils étaient bien arrivés et que Maric était donc sous bonne garde.

Là-bas, les trois hommes se familiarisèrent vite avec les lieux, le tour du propriétaire étant rapidement réalisé. Moreau vérifia le fonctionnement des communications, Lavergne s'occupa de l'intendance, vérifiant les boissons et la nourriture. Des boîtes de conserve à profusion, du riz, des pâtes, un congélateur plein de légumes, de viande et de pain, du café, du thé, des packs de soda, des packs d'eau minérale, mais seulement deux packs de six bières.

— On ne va pas se saouler, les gars, je préfère vous avertir. On a douze bières…

Dans la salle de bains se trouvaient des kits de soin complets. Les chambres étaient spartiates. Un lit, un placard renfermant deux survêtements ainsi que des caleçons et des chaussettes, une petite table de nuit. Dans la salle de sport, une machine à laver et un sèche-linge complétaient l'équipement.

Maric suivait Lavergne.

— À toi l'honneur, tu es l'invité après tout, tu peux choisir ta chambre, ironisa Lavergne. La télévision fonctionne ? lança-t-il à son collègue. J'ai l'impression qu'on va en avoir besoin si on ne veut pas se tirer une balle…

— Une seconde, je termine les liaisons radio et téléphone, je m'en occuperai après.

Dans le salon-cuisine, à côté du coin réservé au poste de communication, une armoire vitrée abritait trois pistolets et deux FAMAS. Stéphane Lavergne trouva la clé correspondante et vérifia les armes. Lui et Moreau avaient leurs pistolets de service, mais après tout il n'était pas imprudent de se préparer au pire. Il prit les pistolets, les déposa sur la table après l'avoir recouverte d'une serviette en éponge. Sous l'œil de Maric, alors que Moreau s'attelait désormais à la télévision et au magnétoscope, Lavergne démonta les armes, les nettoya, les graissa, les chargea.

— Tu t'en es déjà servi ? demanda-t-il à Maric, qui avait l'air d'un petit enfant regardant, les yeux écarquillés, s'activer un adulte.

— Non, jamais.

— Pourtant, chez toi, ils savent s'en servir, non ? Vous aimez ça, les armes, les Yougos ?

Maric baissa la tête sans répondre.

— Excuse-moi. Te vexe pas, je déconne…

— Avec un peu de bol, on aura des matchs de foot ! lança Moreau alors que le poste de télévision faisait retentir le son d'un journal télévisé espagnol. Bon, qu'est-ce qu'on bouffe ? poursuivit le technicien. Tu t'en charges, Stéphane, les flingues peuvent attendre un peu, non ? Maintenant, on a faim.

Ils ressemblaient à des adolescents en vacances. Des gamins découvrant le terrain de jeu qu'il leur était alloué. Lavergne rangea l'artillerie, sortit deux boîtes de raviolis et extirpa du congélateur un sachet d'épinards ainsi qu'une baguette aussitôt glissée dans le four à micro-ondes.

— Avant ce festin, on se fait une tournée de bière ? proposa-t-il.

Moreau et Maric approuvèrent en souriant. Dans la cuisine, ils trinquèrent tous les trois en croisant leurs canettes. Depuis le poste de télévision, une voix exposait en catalan les derniers rebondissements de la guerre en Bosnie.

27

Paris, siège de la DST
21 mars, 13 h 03

Dans la salle de réunion du dernier étage, l'officier Stéphane Deligny relatait l'opération de la nuit précédente au domicile de Roland Lafarge. Après l'élimination de ce dernier, ses hommes, rejoints par l'équipe de secours postée à quinze kilomètres de là, avaient fouillé la maison et ses dépendances. Cave, jardin, grange, grenier : tout avait été soigneusement passé en revue, mais la cible principale, Zlatko Maric, n'était pas là. Tous les corps, y compris celui de Lafarge, avaient été récupérés, ainsi que l'ordinateur trouvé sur les lieux. Deligny et ses hommes avaient quitté l'endroit avant l'aube, laissant place à un autre groupe chargé de mettre en scène un départ de feu accidentel et l'explosion de deux bouteilles de gaz soufflant le premier étage de la maison. Les interlocuteurs de Deligny n'écoutaient plus cette partie finale de l'exposé depuis plusieurs secondes quand Gilles Maréchaux laissa tomber sa sentence :

— Un fiasco… Quatre morts chez nous et pas de Maric. Bravo. Je ne vous félicite pas, poursuivit-il.

— Lafarge était au courant. Depuis qu'il avait recueilli Maric, il savait qu'on viendrait les éliminer, rétorqua le responsable officiel du fiasco.

— Ou tout simplement il s'en doutait, opposa Maréchaux.

— Il avait fait de sa maison une véritable souricière, il était équipé de grenades, de pièges à animaux, et il avait eu le temps d'exfiltrer la cible. C'est tout de même curieux, non ? relança le rouquin.

Deux autres hommes participaient au débriefing : Patrick Verlant, qui représentait le directeur de la DGSE, et le général Jean Cointat, pour le ministère de la Défense.

— Pour l'instant, le problème n'est plus de savoir de quoi Lafarge était au courant et comment, trancha Verlant. L'objectif n'a pas changé. Il nous faut Maric et les documents en sa possession. L'un de nos agents suit toujours le professeur vers lequel s'est tourné Maric… le filleul de Lafarge, n'est-ce pas, Gilles ?

— Absolument, Jérôme Gerbier a déjà accompli du beau boulot. Encore merci pour cette affectation temporaire. Il a l'œil sur ce professeur, mais celui-ci a coupé les ponts avec Maric…

Deligny voulut suggérer une nouvelle opération, visant cette fois Frédéric Berthet.

— Pour l'instant, on en reste là, le coupa Maréchaux. On ne va pas mettre le Sud-Ouest à feu et à sang alors que nos opérations de surveillance et d'infiltration sont sur le point de porter leurs fruits…

— J'en ferai part à M. Lefebvre, il ne partage pas votre stratégie.

— Moi aussi, je dois parler à M. Lefebvre, ainsi qu'au ministre de l'Intérieur. Ce que vous avez fait la nuit dernière est proprement catastrophique. Je crois que vous ne mesurez pas les conséquences possibles de ce genre de massacre. Il y a là de quoi faire tomber un gouvernement ou du moins plusieurs ministres…

La tirade eut le mérite de sortir le général Cointat de sa torpeur. Depuis le début de la réunion, il n'avait pas dit un mot, se contentant de noter de temps à autre quelque chose sur le carnet ouvert devant lui, telle une ménagère préparant sa liste de courses.

— Je suis d'accord avec M. Maréchaux. Il faut être prudent, et le ministre de la Défense ne souhaite en aucun cas que cette affaire rejaillisse d'une façon ou d'une autre sur les armées. Il doit s'entretenir avec le ministre des Affaires étrangères à ce sujet dans l'après-midi.

— Bien, restons concentrés sur l'essentiel. Tout le monde veut récupérer ce Maric, conclut Verlant.

Les quatre hommes se levèrent. Le général sortit à vive allure, comme si un rendez-vous plus urgent l'attendait, Deligny portait sur son visage l'expression du désaveu, Verlant arrêta Maréchaux dans le couloir.

— Gilles, j'aurais un mot à vous dire à propos du GIA…

Les deux hommes attendirent que le couloir se vide.

— Cher Gilles, je n'ai pas de leçons à vous donner, mais j'ose imaginer que Delandre a pris ses précautions avec Lafarge. Deligny est peut-être incompétent, mais il n'est pas idiot, Lefebvre n'est dupe de rien. Ils ont dû ou ils vont vérifier ses communications par téléphone ou par fax.

— Il n'y a aucune trace. Et Lafarge, quand il appelait au standard, n'utilisait pas son nom. C'était un vieux singe. D'ailleurs, il en a remontré à ces blancs-becs, non ? lâcha Maréchaux dans un sourire.

Verlant acquiesça en silence avec une mine de jésuite.

Ces hommes-là habitaient un monde de secrets et de mensonges qui s'entrecroisaient sans fin. Ils pouvaient faire ou ordonner les pires choses sans jamais en éprouver le moindre remords. Un don ou une malédiction, selon le point de vue.

28

Toulouse, rue Saint-Rome
21 mars, 8 h 50

Frédéric se réveilla peu avant 9 heures. Il avait dormi comme une masse et les quelques visites nocturnes du chat sur la couche n'avaient pas troublé son sommeil. Il enfila son jean et retrouva Selim dans la cuisine, lisant *Le Parisien*, une tasse de thé à côté de lui. Frédéric déclina le thé, opta pour un café, que Selim lui servit en proposant de se tutoyer.

— Après ta douche, on ira faire un tour si tu veux. Je dois aller au marché faire quelques courses.

Ils traversèrent la place du Capitole, prirent la rue de Rémusat pour atteindre le marché en plein air de fruits et légumes du boulevard de Strasbourg. Selim connaissait nombre de marchands et échangeait avec eux les banalités et politesses signalant les habitués. Puis, ils passèrent par le marché Victor-Hugo pour acheter un poulet rôti. La température était douce, Selim proposa un café sur la terrasse du Florida.

— Comment avez-vous… Comment as-tu connu Roland, exactement ? Il m'a dit que vous étiez un faux trafiquant…

— Oui, c'est cela en quelque sorte, un « faux trafiquant », répondit Selim en souriant. C'est une longue histoire…

Selim la déroula sur la terrasse du Florida puis jusqu'au déjeuner, constitué du poulet rôti, de patates douces et d'une salade de poivrons. De mère palestinienne et de père libanais, Selim avait vingt-huit ans lorsque la guerre avait éclaté dans son pays, en 1975. Il profitait jusque-là de la douce vie que pouvait offrir Beyrouth à un jeune homme célibataire. Ses parents avaient créé une entreprise d'importation et de négoce de produits alimentaires. Il travaillait plus ou moins à leurs côtés, plutôt moins, préférant le rythme donné par les bars, les cinémas, les restaurants et les boîtes de nuit de la ville. Puis la guerre survint, un jour d'avril, avec les premiers affrontements entre Palestiniens et chrétiens.

— Bien qu'appartenant à la petite minorité chrétienne des Palestiniens, ma mère avait des cousins, des oncles, des neveux chez les fedayins et dans les rangs de l'OLP. Du côté de mon père, si la grande majorité soutenait le parti phalangiste, quelques jeunes sympathisaient avec ce que l'on appelait « le camp islamo-progressiste ». Autant dire que, comme dans tant de familles et à l'image du pays entier, le conflit s'est étendu à ceux du même sang… Juste avant, on sentait que les choses pouvaient déraper, mais beaucoup n'y croyaient pas ou ne voulaient pas y croire. On dansait sur un volcan, et la lave nous a emportés…

Sans se plonger dans les origines, les arcanes et les développements d'une guerre à laquelle participèrent aussi nombre de pays voisins et de grandes puissances, Selim fournit à Frédéric une vision terriblement incarnée et humaine d'événements que la distance transformait déjà en faits historiques.

— Des amis et des parents ont été tués. Ils allaient à la guerre comme on va au travail. Ils pointaient aux check-points dès le matin, tenaient des barricades ou des immeubles, participaient à des représailles quand on tuait les nôtres, attaquaient nos ennemis… Des adolescents, des jeunes filles, des bons pères de famille, des étudiants, tout le monde ou presque s'y est mis dans tous les camps. Il y avait des gens en armes partout. Un jour, mon père a failli être tué par un groupe de phalangistes auquel appartenait mon frère Bachir, qui avait été réquisitionné pour le siège du camp Al Zaat. Il avait été dénoncé comme activiste palestinien, il a montré la croix qu'il portait autour du cou, invoqué son fils milicien chrétien, demandé aux soldats d'interroger nos voisins à Achrafieh… Heureusement, un copain de Bachir l'a reconnu et ils l'ont libéré. Les enlèvements, c'était le pire – il n'y avait pas souvent de rançon à payer, les gens enlevés étaient tués aussitôt –, avec les voitures piégées… Les bombardements, on s'y habituait. Les Syriens sont arrivés, ensuite les Israéliens. Les alliés d'hier devenaient parfois les ennemis du jour. On s'affrontait aussi entre chrétiens, entre musulmans. Une folie… La ligne de démarcation coupait la ville en deux avec les chrétiens à l'est et les musulmans à l'ouest. Des snipers occupaient les tours et les hôtels. Ils tiraient sur n'importe qui. Même sur des enfants, des femmes revenant des courses…

Selim prit une aile de poulet avec les doigts tout en écartant le chat qui tentait une excursion sur la table de la cuisine.

— Puis la vie reprenait, quasiment normalement. Il y avait des trêves et des cessez-le-feu. Les enfants allaient à l'école, toutes les boutiques étaient ouvertes, on travaillait, jusqu'à ce que débute un nouveau cycle de violences.

À la fin du déjeuner, une tournée d'arak s'imposa.

— Mon frère était en lien avec des officiers de Tsahal. Une partie des chrétiens rêvaient d'une alliance avec Israël, qui occupait le sud du pays, pour chasser les Palestiniens et les Syriens. Ils en sont revenus plus tard, mais à cette époque cela paraissait encore possible. Bref, pour ma part, je n'ai jamais combattu, je n'ai porté d'arme qu'en cas de besoin, et si j'ai accepté de travailler pour les services israéliens, c'était pour l'argent et la possibilité d'envoyer mes parents, ma sœur, une partie de la famille en France et en Europe. Mon frère avait été tué peu de temps avant, pendant des combats contre les Druzes. Il fallait que je mette les miens à l'abri. Je parlais français, arabe, anglais, j'avais du relationnel, un bon profil, et je me suis retrouvé à Paris à infiltrer des réseaux pro-palestiniens. Officiellement, si je puis dire, j'importais du haschich et un peu d'héroïne depuis la Bekaa, mais j'apparaissais surtout comme un philanthrope finançant généreusement la cause palestinienne. Puis j'ai eu des problèmes. J'ai été arrêté en France, incarcéré. Heureusement, certains amis ne m'ont pas lâché… Notamment les services français.

— C'est à ce moment que tu as rencontré Roland ?

— Oui, on m'a envoyé dans le Sud-Ouest, à Pau, à Albi puis à Toulouse. On m'a donné une nouvelle identité, j'ai pu enfin avoir accès à mes comptes bancaires et Roland m'a aidé à m'installer. Il m'a fait rencontrer des gens à Toulouse. Ensemble, on a fabriqué cette histoire du jeune Libanais fuyant la terrible guerre dans son pays, ce qui n'était qu'à moitié faux… Jusqu'en 1986, à l'occasion, j'ai rendu des services aux Français en les mettant en contact avec des gens au Liban. Après, on m'a oublié et c'est très bien ainsi. Avec ton parrain, il y avait autre chose. Je ne sais pas quoi au juste. Nous n'étions pas de la même génération et nous n'avions pas traversé évidemment les mêmes épreuves. Pourtant, un lien entre nous me paraissait plus fort que tout cela. Quand il me racontait des épisodes de sa propre histoire, car il se livre peu, je me sentais en symbiose. Tu vois ?

— Oui, je comprends. Enfin, je crois.

Étaient-ce les verres d'arak, la longue confession de Selim, un mélange des deux ? Frédéric se sentait un peu étourdi. Des images se télescopaient dans son cerveau. Lui revenait l'histoire récente du Liban qu'il avait découverte durant son adolescence et sa jeunesse à la télévision à travers des images de massacres, de combats, de bombardements ainsi que d'acronymes et de termes « exotiques » – OLP, FINUL, Jihad islamique, Hezbollah, Druzes… – pendant que les noms des otages français étaient égrenés chaque soir au journal télévisé dans un rituel paraissant ne jamais devoir s'achever. Au collège, au lycée et à l'université, même si là il avait choisi la voie des lettres modernes, il s'était passionné pour les grands conflits du siècle : les deux guerres mondiales, la guerre d'Espagne, la guerre du Vietnam, rendue familière par tant de films américains. Malgré les tragédies et les millions de morts, ils possédaient à ses yeux leur logique, leur sens, avec de chaque côté – du moins pour 14-18, 39-45 et le conflit espagnol – « les bons » et « les mauvais ».

À la guerre du Liban et plus récemment à celle de Yougoslavie, il n'avait rien compris. La télévision, l'abondance d'images, les discours contradictoires lui semblaient déréaliser ces guerres réduites à de la banale information consommée puis renouvelée. Les échanges avec Zlatko et Selim avaient ouvert d'autres portes, d'autres perceptions. Ou comment la religion, l'ethnie, la nation, l'origine pouvaient transformer de paisibles pays en enfers sur terre. Comment un passé englouti pouvait resurgir telle une langue de feu. Comment l'exacerbation des petites différences métamorphosait des gens ordinaires en héros ou en criminels. Comment un musulman bosniaque pouvait devenir un SS et un Libanais de sang mêlé un agent au service du Mossad…

Pourquoi certains pays basculaient-ils dans des guerres civiles et pas d'autres ? « Balkanisation », « libanisation » : la Yougoslavie et le Liban avaient enrichi le vocabulaire géopolitique. Et la France ? Ces dernières décennies, malgré des attentats fomentés par des groupes palestiniens, arméniens, iraniens, algériens, basques, corses ou issus de l'extrême gauche hexagonale, la vieille maison tenait bon. Elle n'était pas près de s'effondrer sous les coups de fanatiques. Le danger et la mort qu'il avait côtoyés ces derniers jours venaient d'ailleurs. Christophe y avait laissé la vie, Zlatko et lui étaient menacés, mais cela ne faisait pas une guerre pour autant, se dit-il.

Frédéric eut envie d'appeler Roland, puis Clémence. Il n'en fit rien. Son ange gardien veillait. Plus prosaïquement, il demanda l'autorisation à Selim d'appeler la faculté pour avertir que le méchant virus le clouant au lit depuis plusieurs jours était hélas toujours aussi virulent. L'administration n'était pas pointilleuse sur les congés maladie. Le coup de fil passé, il gagna sa chambre et s'effondra sur le lit, prêt à accueillir des rêves ou des cauchemars charriant des guerres d'hier ou d'aujourd'hui.

29

Toulouse, avenue des Minimes
21 mars, 7 heures

Jérôme Gerbier se réveilla à 7 heures. La veille, il n'avait pas pu joindre Maréchaux. Maulin était allé acheter des pizzas dans le quartier, ainsi que des bières et une bouteille de mauvais rosé. Leurs téléphones satellitaires à portée de main, ils avaient dîné devant la télévision comme un vieux couple tandis que Maulin zappait à la recherche d'un programme introuvable. Gerbier s'en fichait, il engloutissait les parts de pizza en les arrosant de bière puis de rosé, qui lui avait assez vite donné mal à la tête. Au moment du journal télévisé du soir de FR3, il était allé se coucher. Sept ou huit heures de sommeil ne lui feraient pas de mal.

Dans la cuisine, Maulin était attablé et lisait *France Football* en trempant des biscottes beurrées dans un bol de café. Gerbier le salua et se servit une tasse du breuvage encore chaud. Une grimace accompagna la première gorgée. Il irait boire un express dans un bar. Douché et habillé, il sortit peu avant 8 heures, abandonnant son collègue. À moins de deux cents mètres de leur appartement, il trouva un bar-PMU, commanda un double express et un croissant, s'assit à l'une des tables libres. Le croissant n'était pas mauvais, le café excellent. Autour de lui, des petits vieux lisaient *La Dépêche* et commentaient les nouvelles. Au zinc, un Arabe qui avait l'âge d'être arrière-grand-père échangeait avec un serveur des tuyaux sur les courses à venir. À côté de lui, deux ouvriers, qui devaient travailler sur un chantier voisin, mordaient à belles dents dans des sandwichs. Sur une banquette, au fond de la petite salle, une jeune fille à l'air paumé griffonnait nerveusement sur un carnet. Elle remarqua que Gerbier l'observait, baissa la tête en se parlant à elle-même. Gerbier commanda un autre express, simple, et alluma une Chesterfield.

Il aimait ce type d'endroit où anonymes et habitués pouvaient se côtoyer dans une indifférence partagée. Les événements des derniers jours revinrent occuper son esprit. Depuis qu'il était dans cette ville pour cette mission improbable, il avait le sentiment d'être manipulé, d'être un jouet aux mains de Maréchaux et d'autres. Bien sûr, ce n'était pas la première fois. Son métier le conduisait en général à n'être qu'un pion, une pièce d'un grand échiquier, un rouage dans des mécanismes complexes dont peu de gens possédaient une vision d'ensemble. Peut-être personne, même, tant certaines opérations passées lui avaient montré à quel point l'absurde, l'irrationnel, le hasard, l'intuition dictaient parfois des décisions ayant valeur de vie ou de mort sur des êtres.

À Madrid, deux ans plus tôt, il avait patiemment infiltré une cellule islamiste algérienne en se faisant passer pour un agent de la CIA mandaté pour financer leur cause. L'objectif était d'identifier le réseau beaucoup plus vaste dont cette cellule faisait partie. Il avait gagné la confiance de trois hommes qui faisaient montre d'une prudence voisine de la paranoïa. Il touchait au but quand subitement ils avaient été enlevés par une équipe de la DGSE. Sans doute « interrogés », puis éliminés à coup sûr. On avait félicité Gerbier pour son action, qui n'avait servi à rien sinon à faire disparaître trois sous-fifres. Six mois plus tard, le groupe, intact et résolu à venger ses « martyrs », avait organisé un attentat en France qui avait causé la mort de quatre personnes.

Dix ans plus tôt, alors qu'il débutait dans la carrière, il avait dû livrer un informateur basque, ayant rompu avec le terrorisme de l'ETA, aux autorités espagnoles. Il avait appris à connaître Inaki, à le respecter en dépit ou à cause de ses engagements passés, car s'il ne s'était pas engagé dans la lutte armée, y compris la plus aveugle et meurtrière, son revirement n'aurait pu avoir lieu. Inaki avait tué ou fait tuer des individus – Gerbier répugnait à invoquer des « innocents » à tort et à travers : « Innocent ? Mais innocent de quoi ? » lui avait seriné des années durant l'un de ses supérieurs – puis en avait sauvé beaucoup plus. Brièvement incarcéré par la justice espagnole, il avait été libéré, pour finir assassiné dans un attentat à la voiture piégée commis par les services espagnols et imputé aux indépendantistes basques.

Gerbier avait menti, parjuré, trahi, manipulé, sciemment ou inconsciemment. De quel côté pencherait la balance chargée de mesurer ses bienfaits et ses fautes, pour autant qu'une telle balance, divine ou humaine, existe ? Malgré tout, il préférait penser que le Bien l'emporterait. Où ranger les trois hommes de l'autre nuit ? Dans les crimes ou dans les dommages collatéraux inhérents à son métier ? Il n'avait guère de réponse. Leurs visages avaient disparu de sa mémoire. Ils ne comptaient déjà plus pour rien. Peut-être que l'un d'eux était le salaud qui avait tenté de le descendre. Après tout, lui aussi faisait son métier, obéissait aux ordres. Raison d'État. Pacte de malfrats. Secret de conjurés. Peu importait. Ne restait que des vivants et des morts. Et les premiers avaient souvent raison.

Gerbier sortit du café en laissant cinq francs de pourboire, retrouva l'avenue des Minimes, encombrée de voitures et de bus. À un kiosque, il acheta *Le Monde* de la veille et regagna l'appartement, où Maulin, affalé sur le canapé, bâillait devant une émission de téléachat.

— Pas de nouvelles de Maréchaux ?

— *Nein.*

Gerbier se replia dans sa chambre, parcourut *Le Monde* en s'attardant sur les articles faisant état de la situation en ex-Yougoslavie. Désormais, en Bosnie-Herzégovine, les Croates et les Bosniaques s'écharpaient tandis que les

Serbes – qui avaient affronté les Croates sur leurs terres, à Vukovar, à Dubrovnik et sur d'autres territoires moins médiatisés – combattaient toujours les Bosniaques. Il aurait fallu être docteur en géopolitique pour y retrouver ses petits. Et la France dans tout cela ? On accusait le chef de l'État d'être pro-serbe. Mais alors qui, au sein de l'État français, avait couvert ou organisé des trafics d'armes en faveur de la Croatie ? Pourquoi, et au nom de qui, Topalovic et les autres étaient-ils morts ?

D'autres réseaux, d'autres lobbies s'activaient maintenant sur la scène publique, en France comme à l'étranger, en faveur des Bosniaques musulmans, présentés comme les symboles et les défenseurs d'une société multiethnique tolérante. Leurs chefs militaires paraissaient pourtant aussi brutaux et sans pitié que les autres dans ce conflit. Qu'apporterait l'éventuelle résolution de l'affaire du trafic d'armes en faveur de la Croatie ? Il y avait fort à parier que cela ne changerait pas grand-chose sur le théâtre des opérations. Ils avaient suffisamment de moyens et de convictions pour continuer à s'entre-tuer. Plus sûrement, l'affaire Topalovic ferait des victimes dans l'Hexagone. Des têtes étaient déjà tombées. D'autres, peut-être haut placées, suivraient. Pour quel résultat ?

Vers 11 heures, Maulin alla acheter des steaks hachés et des pommes dauphine chez le premier boucher trouvé dans le quartier. Une heure plus tard, lui et Gerbier avalèrent leur déjeuner en silence. Ensuite, Maulin contacta Lavergne et Moreau, qui firent un point laconique sur leur situation. Tout s'était déroulé comme prévu, leur « sujet » se trouvait en totale sécurité, rien de particulier n'était à signaler, à l'exception d'un manque cruel de bière. Maulin ricana avant de raccrocher.

Enfin, en milieu d'après-midi, Maréchaux joignit Gerbier sur son téléphone. Lafarge avait été éliminé durant la nuit par un commando de la DGSE qui avait perdu quatre hommes lors de l'opération, lui apprit-il. Philippe Lefebvre était sans aucun doute à l'origine de cette initiative à laquelle ni lui ni François Delandre n'avaient pu s'opposer. Il fallait maintenant attendre que les personnes qui avaient pris en charge Frédéric Berthet se manifestent afin de mettre en sécurité ce dernier. Et surtout de récupérer les preuves de l'implication de certaines personnes des services français dans le trafic d'armes vers la Croatie.

— Entendu, répondit Gerbier, on attend donc. Du côté de Maric, tout est OK. Il est dans son bunker, sous bonne garde. Aucune crainte à avoir.

— Parfait, parfait, répondit Maréchaux. En principe, tout devrait bien se passer.

— Oui, en principe, concéda Gerbier, tout en sachant que ce type de prédiction s'accommodait rarement avec le principe de réalité.

Il coupa la communication. Se dirigea vers une fenêtre en allumant une cigarette, la deuxième de la journée. Dehors, une pluie dense tombait sur l'avenue avec un bruit de mitraillette. Elle avait chassé les passants. Des éclairs striaient le ciel en faisant retentir des échos de bombardements. Toulouse ressemblait à un décor de fin du monde. La fin d'un monde.

30

Toulouse, rue Saint-Rome
22 mars, 12 heures

Frédéric passa sa matinée à lire sur le canapé du salon pendant que Selim, au téléphone à l'autre bout de la pièce, échangeait avec plusieurs interlocuteurs à propos de mobilier d'intérieur et de bibliothèques sous peu mis en vente. Selim devait s'absenter, il avait rendez-vous avec un commissaire-priseur et serait de retour avant midi. Après, ils iraient au restaurant, annonça-t-il. De quoi vivait Selim ? Il ne s'était pas appesanti, avait évoqué des « affaires », des activités de « consultant » et de « conseil ». L'accueil de Frédéric entrait-il dans l'une de ces catégories ? Sûrement pas. La bibliothèque de Selim regorgeait de livres d'histoire, de géopolitique, d'essais, de biographies, de beaux livres illustrés. Assez peu de romans, même si Frédéric repéra des Alexandre Dumas et des Balzac. Il feuilleta des ouvrages du photographe Jean Dieuzaide, puis se lança dans une *Histoire de la Résistance à Toulouse et dans le Sud-Ouest*. Il rencontra des noms – Marcel Langer, Raymond

Naves, Silvio Trentin, François Verdier… – qui lui étaient familiers car accolés à des rues, des avenues ou des lycées de la ville, découvrit derrière ces patronymes des destins hors du commun. Malgré ou à cause du passé de résistant de son père, il ne s'était guère intéressé à cette question. Aux maquis et aux réseaux clandestins à l'intérieur de l'Hexagone il avait préféré le débarquement allié, la bataille de Stalingrad ou la libération des camps, qu'il estimait plus grandioses et décisifs que les actions de la Résistance intérieure. Son père et Roland auraient pu pourtant lui raconter des événements vécus dignes des meilleurs romans ou films. Enfant, il avait dû entendre quelques-uns de ces récits lors de ces repas familiaux que l'on juge alors trop longs et ennuyeux. Maintenant, il était trop tard pour recueillir les souvenirs paternels. En lisant ce livre, il en éprouvait des regrets et il se promit, une fois la situation redevenue normale, d'interroger Roland sur son expérience.

En poursuivant sa lecture, Frédéric tomba sur un passage évoquant « la révolte des Croates de Villefranche-sur-Rouergue ». « Il n'y a pas de hasard » était l'une des expressions récurrentes de son père. Il ne put s'empêcher d'y penser en lisant le patronyme Topalovic sous la plume de l'historien. Avec naturellement plus de détails et de perspectives, il retrouva les grandes lignes du récit fait par Zlatko l'autre soir, mais quelque chose ne correspondait pas. L'auteur de l'ouvrage parlait de Davor et de Mario Topalovic, Zlatko avait évoqué Stepe et Ivan, même si Frédéric n'était plus sûr du prénom du frère disparu. Malgré le chat se glissant sur ses genoux afin de se faire caresser, Frédéric continua sa lecture. L'assassinat de Maurice Sarraut par des miliciens, l'arrestation et l'exécution du résistant communiste juif Marcel Langer, la visite de De Gaulle dans Toulouse libérée : les hauts faits ne manquaient pas.

En sortant de son rendez-vous, Selim téléphona d'une cabine à Roland pour prendre des nouvelles. Il n'y eut pas de tonalité, mais une voix l'informa que le correspondant ne pouvait être joint et l'invita à réitérer son appel. Ce qu'il fit aussitôt, avec le même résultat. Étrange. Pourquoi la ligne ne fonctionnait-elle plus ? Selim regagna son domicile en échafaudant plusieurs hypothèses, dont aucune n'était convaincante.

Pour sa part, Frédéric n'arrivait pas à chasser de son esprit cette affaire de prénoms. L'historien avait dû se tromper, ce genre d'erreur était inévitable, en particulier pour des noms ou des prénoms étrangers. Mais tout de même. Comment en avoir le cœur net ? Il songea à l'un de ses anciens amis de lycée qui était devenu professeur d'histoire contemporaine au Mirail. Ils ne se voyaient plus guère, Frédéric n'avait pas son numéro de téléphone, mais les Pages blanches ne lui proposèrent qu'un seul Guillaume Gros à Toulouse. Coup de chance, il était chez lui. Frédéric exposa le but de son appel. Où pourrait-il trouver des informations sur la révolte des Croates ? Gros lui demanda une vingtaine de minutes et, quand Frédéric le rappela, il lui donna les références de trois ouvrages évoquant vraisemblablement l'épisode et susceptibles d'être consultés dans les bibliothèques universitaires de la ville. Il venait de raccrocher quand Selim arriva et Frédéric lui annonça vouloir se rendre à la bibliothèque de l'université des sciences sociales.

— Entendu, en attendant je te propose d'aller dans un restaurant de poisson, rue des Gestes. Il est très bon.

— Tu as eu des nouvelles de Roland ? demanda Frédéric alors qu'ils venaient de passer la même commande : crevettes à la plancha puis pavé de cabillaud.

— Non. En fait, sa ligne ne semble plus fonctionner. Il m'avait donné le numéro de quelqu'un à joindre, si besoin. Je l'appellerai pendant que tu seras à la bibliothèque.

Selim avait transmis son inquiétude à Frédéric. Il s'efforça de la dissiper en lui racontant son rendez-vous du matin avec des marchands de biens face auxquels il avait, selon ses dires, joué un parfait numéro de commerçant levantin. Le sourire de la serveuse et deux verres de blanc allégèrent l'atmosphère. Frédéric relata sa découverte du matin, qui ne souleva chez Selim qu'un haussement de sourcils.

Ils n'étaient qu'à une dizaine de minutes à pied de la bibliothèque, qu'ils rejoignirent par la rue des Lois, encombrée à cette heure-là, peu avant 14 heures, par des cohortes d'étudiants se rendant aux facultés de droit et de sciences sociales ou à l'Institut d'études politiques. Devant le parking de l'université, Selim repéra une cabine téléphonique.

— Je passe mon coup de fil et je te rejoins.

Il composa le numéro que Roland lui avait confié. Au bout de deux sonneries, on décrocha. Il s'agissait bien de François Delandre, qui, avant même que Selim ait pu se présenter dans le détail, lui demanda à quel numéro il pouvait le rappeler aussitôt.

Au guichet des emprunts de livres, Frédéric tendit sa carte d'universitaire ainsi que deux fiches correspondant aux cotes des ouvrages recherchés, le troisième mentionné par Guillaume Gros n'étant pas disponible.

Cinq minutes plus tard, le jeune homme les extirpa d'un chariot rempli de livres. Il s'installa à l'une des nombreuses tables disponibles et trouva la confirmation de ce qu'il avait lu le matin : il s'agissait bien de Davor et de Mario Topalovic. C'était donc Zlatko qui s'était trompé. Comment pouvait-on oublier les prénoms de deux grands-oncles « héros de guerre », dont l'un était devenu un personnage important de la Yougoslavie d'après-guerre et qui s'était installé en France ? Comment confondre Stepe et Davor ? C'était impossible. À moins que… Frédéric eut comme une révélation. Zlatko avait récité cette histoire, mais il ne la connaissait pas. Tel un comédien maîtrisant mal son texte, il s'était trompé sur les prénoms ou les avait inventés faute de mieux. Tout simplement parce qu'il n'était pas le neveu de Marko Topalovic et encore moins le petit-neveu de Davor Topalovic. Frédéric rendit les livres et se précipita à l'extérieur, où Selim l'attendait devant l'entrée de la bibliothèque les mains dans les poches. Il s'apprêtait à lui faire part de sa découverte quand Selim posa la main droite sur son épaule.

— Roland a été tué avant-hier soir dans le Gers. Un homme de la DGSE, Jérôme Gerbier, que tu connais déjà, va venir te récupérer et te mettre à l'abri. On a rendez-vous à 16 heures chez moi. Je suis désolé, mon garçon…

Frédéric avait besoin d'explications, mais il se mit à pleurer. Les deux hommes traversèrent le parking en marchant lentement. Comme les rescapés d'une guerre qui les dépassait.

31

Toulouse, rue Saint-Rome
22 mars, 16 h 05

Jérôme Gerbier arriva chez Selim et présenta aussitôt ses condoléances à Frédéric. Lui et l'agent Maulin, qui attendait au parking de la place Esquirol, allaient l'emmener dans leur appartement de fonction des Minimes. Là, il serait sous leur protection tandis que d'autres agents étudieraient les documents en sa possession.

— Vous les avez avec vous ?

— Oui, les originaux, et aussi les copies que j'avais faites.

Gerbier résuma la situation. Roland Lafarge avait été tué par des hommes appartenant à la DGSE. Il y avait une guerre à la fois secrète et ouverte au sein de l'institution, guerre dont les alliances et les doubles jeux se tissaient également au sein de la DST, de ministères et d'officines occultes.

— Les preuves que vous détenez peuvent faire tomber les coupables côté français, du moins nous misons là-dessus. Et l'acharnement de nos adversaires à les récupérer coûte que coûte confirme plutôt cette hypothèse.

Frédéric hocha la tête en silence. Gerbier reprit :

— J'ai vu votre parrain avant-hier matin. Il a tenu à rester chez lui alors même qu'il était au courant du danger qui le menaçait. Il avait fait clairement part de sa volonté à son contact à la DST. Par ailleurs, cela ne vous sera sans doute d'aucune consolation, mais je peux vous dire qu'il a supprimé quatre hommes du commando venu pour les tuer, Maric et lui…

Le nom de ce dernier sortit Frédéric de sa torpeur.

— À propos de Maric, je viens de découvrir quelque chose. Je suis convaincu qu'il n'est pas le neveu de Marko Topalovic, qu'il ment depuis le début sur son identité.

— Expliquez-moi ça…

Frédéric relata sa découverte en insistant sur le point qui lui paraissait décisif : personne ne pouvait se tromper sur les prénoms de personnages aussi illustres de sa propre famille.

— Je vous accorde que la marge d'erreur est mince… répondit, songeur, Gerbier, avant d'intégrer pleinement le sens de cette révélation. Bordel, ils nous ont piégés depuis le début ! Ce type n'était qu'un leurre, un faux témoin. Un cheval de Troie chargé de faire diversion…

— Pourquoi s'est-il tourné vers moi ? Il n'empêche qu'il est réellement étudiant… ajouta Frédéric.

— Je peux me tromper, mais je pense que peu importait la personne à laquelle il se confierait. Maric et ceux qui le commandent savaient que de toute façon nous identifierions rapidement l'individu choisi comme confident et complice. Il fallait simplement que le profil de celui-ci n'éveille pas de soupçon chez nous. Que nous pensions que vous n'étiez pas mêlé directement au fond de l'affaire. Vous étiez parfait pour ce rôle. La preuve. Nous cherchions un faux neveu et des documents sans importance... Vous ont-ils choisi en raison du passé de Lafarge et de ses liens avec les services français ? Peut-être. Cette hypothèse serait finalement plus rassurante, du moins plus rationnelle, que de savoir que vous avez été plongé là-dedans par hasard. Parce qu'il fallait juste à ce faux étudiant un confident et un allié, un quidam, un homme de la rue, n'importe qui... Excusez-moi, je dois téléphoner.

Gerbier se dirigea dans la première chambre, celle de Selim, pour activer son téléphone. Il joignit instantanément Maréchaux.

— Les salopards, lâcha celui-ci après le bref exposé de Gerbier.

Ce vocabulaire inhabituel dans sa bouche exprimait à coup sûr une certaine admiration.

— Cela ne change rien pour Berthet, protection rapprochée, même s'il est certain que les documents que lui a donnés Maric ne contiennent que du vent. Quant à celui-ci, vous dites à Lavergne et Moreau de nous le ramener au plus vite pieds et poings liés. Il est notre dernière carte. On ira si besoin jusqu'à passer un marché avec lui, mais il nous dira tout ce qu'il sait, compléta Maréchaux.

— Je m'en occupe.

Gerbier revint dans le salon.

— Encore deux minutes, un dernier coup de fil et on y va. Préparez-vous.

32

Départementale 929, Hautes-Pyrénées
22 mars, 12 heures

Cela faisait moins de quarante-huit heures que Lavergne, Moreau et Maric avaient investi leur repaire et la semi-réclusion leur pesait déjà. Une fois les trois contacts quotidiens de 9 heures, 14 heures et 20 heures établis avec l'agent traitant parisien de la DST, les formalités étaient terminées. Lavergne et Moreau alternaient séances dans la salle de sport et visionnage de films. Maric préférait la lecture. Qui avait bien pu choisir les livres mis à disposition dans cet endroit si peu commun ? La tranche de certains ouvrages portait une cote, ce qui laissait supposer qu'ils provenaient de bibliothèques. D'autres, moins défraîchis, non. Un libraire ou un lecteur avisé auraient eu du mal à discerner une quelconque logique dans cette sélection comprenant essentiellement des livres de poche. Un essai de Jacques Attali côtoyait un roman de Bernard Clavel, *Les Misérables* voisinaient avec un Paul-Loup Sulitzer. Maric se lança dans *Shining* de Stephen King, qu'il abandonna au bout de cent pages au profit d'un roman dont le titre l'avait intrigué : *Les Poneys sauvages*. Il ne connaissait pas son auteur, mais se laissa happer dès les premières pages.

Lavergne et Moreau se chargeaient des repas, le premier optant pour des plats surgelés réchauffés au micro-ondes, quand le second préférait les conserves, avec lesquelles il tentait de composer des menus plus équilibrés. De temps en temps, Maric allait fumer une cigarette dans le patio. Il fallait un code de quatre chiffres et d'une lettre pour ouvrir la porte blindée du refuge. L'un des deux agents l'accompagnait alors.

Pour son deuxième passage aux fourneaux, les haricots verts et le bœuf bourguignon valurent à Moreau l'approbation de ses commensaux. Personne ne réclama de dessert. Maric proposa de faire le café tandis que Moreau s'occupait du point radio de 14 heures. Par l'une des deux petites fenêtres, dont les rideaux métalliques étaient levés, Lavergne jeta un coup d'œil à l'extérieur et proposa de prendre le café dans le patio, où une table en plastique semblait avoir été laissée à cet effet par les précédents locataires. Deux tabourets récupérés dans la salle de sport et une chaise de la cuisine complétèrent l'installation de fortune. Même à l'ombre, la température de dix-neuf degrés rendait la pause-café plus agréable qu'à l'intérieur.

— Finalement, on n'est pas si mal. On s'y ferait presque, non ? ironisa Lavergne.

— On a connu pire, en effet, répondit son collègue. Et toi, Zlatko, ça baigne ?

— Impeccable, merci, répondit celui-ci en allumant une cigarette.

— Tant mieux. Et ton bouquin, il parle de quoi ?

— Je n'en suis qu'à la moitié, mais il est question, à travers une bande d'amis de la Seconde Guerre, de la guerre froide, d'agents secrets, de trahison... Vous devriez le lire, ça pourrait vous intéresser, lança-t-il aux deux autres.

— Tu sais, nous, on n'est pas des intellos comme toi, rétorqua Moreau, piqué par le ton narquois qu'il avait cru déceler chez Maric. On soulève de la fonte, on fait des pompes, on graisse des armes. On est plutôt dans l'action, tu comprends. Les grandes histoires, les grandes idées, on les laisse à d'autres. On n'a pas le temps de s'en occuper.

Lavergne souriait. Il n'aimait pas ce petit con, avec ses airs supérieurs. Quand Maric eut achevé sa cigarette, il donna le signal du retour à l'intérieur en se levant.

Moreau annonça qu'il allait prendre une douche. Lavergne s'assit sur le canapé et s'empara de la télécommande de la télévision. Maric lui demanda s'il voulait un autre café, il allait en refaire. Il accepta volontiers. Il avait trouvé un programme à son goût et s'enfonçait dans le canapé au moment où Maric l'égorgea à l'aide d'un grand couteau de cuisine tout en maintenant sa main gauche sur la bouche de sa victime. De toute façon, il avait tranché les cordes vocales et d'ici quelques dizaines de secondes, tout au plus, Lavergne, dont le corps était secoué de spasmes et qui donnait des coups de pied dans la table basse, serait mort.

Maric se dirigea vers l'armoire où étaient rangées les armes. Il prit l'un des trois pistolets, leva le cran de sûreté et fit monter une balle dans la chambre de l'arme. Du côté de la salle de bains, le bruit de la douche s'était arrêté. Trois minutes plus tard, Moreau apparut dans le salon, Maric lui laissa le temps de découvrir le corps ensanglanté de Lavergne et lui tira deux balles dans la poitrine. Puis deux autres alors qu'il gisait sur le dos.

33

Toulouse, rue Saint-Rome
22 mars, 16 h 20

Gerbier tenta de joindre à deux reprises Lavergne et Moreau. Pas de réponse. Dans la foulée, il appela l'agent posté en surveillance à trente kilomètres de la planque et lui ordonna de s'y rendre aussitôt : quelque chose d'anormal s'était sans doute produit. Il devait être extrêmement prudent.

— Rappelez-moi dès que vous serez sur place.

Gerbier et Berthet retrouvèrent Maulin place Esquirol.

— Lavergne et Moreau ne répondent plus et Maric n'est pas celui qu'il disait être. C'est Frédéric Berthet, que voici, qui l'a découvert. On revient aux Minimes fissa et précaution maximale, compris ?

Quarante-cinq minutes plus tard, l'agent de permanence près de la frontière espagnole confirma à Berthet le pire scénario qu'il avait envisagé. Lavergne et Moreau avaient été exécutés. Le premier égorgé, le second abattu de quatre balles. Maric s'était volatilisé. Il manquait l'arme ayant servi à tuer

Moreau. En revanche, le véhicule avec lequel ils étaient arrivés était toujours là.

— Faites un rapport à Maréchaux et dites-lui que j'attends son appel.

Gerbier apprit la mort de leurs collègues à Maulin.

— C'est Maric qui les a tués. Je ne pense pas qu'il ait pu recevoir de l'aide. Ce genre d'endroit est inviolable, inattaquable. Le danger ne pouvait venir que de l'intérieur et c'est nous qui l'avons introduit. Mais où a bien pu aller ce fils de pute ?

Maulin s'était assis et se massait les tempes, silencieux.

— Je… je suis désolé, si j'avais découvert plus tôt que Maric avait menti, vos amis auraient pu être sauvés… balbutia Berthet.

— Non, vous n'y êtes pour rien. Enfin, pas plus que nous et c'est même un miracle que vous ayez découvert cette histoire de prénoms. Cet enfoiré est très fort. Je ne sais pas s'il appartient à nos services, aux Croates ou à d'autres, mais c'est un sacré client.

— On butera ce salaud, promit Maulin.

— Je le souhaite plus que tout au monde, reprit Gerbier. Arnaud, excuse-moi, mais peux-tu aller nous chercher un truc à boire ? De la vodka, du gin, ce que tu veux. J'ai besoin d'un alcool fort.

— On en a tous besoin.

Gerbier, Maulin et Berthet attaquaient leur deuxième tournée de vodka quand Maréchaux appela.

— Mon cher Jérôme, c'est la catastrophe. On ne pouvait se retrouver en plus mauvaise situation. Ce Maric est à l'air libre à cause de nous, nous avons perdu deux hommes, nous avons récupéré des faux documents, le pauvre Lafarge est mort pour rien… Ils nous ont baladés comme des bleus.

— Que fait-on maintenant ?

— Notre seul espoir, mais il est bien mince, serait de retrouver le véritable neveu de Marko Topalovic et les documents en sa possession. Car cet homme existe bel et bien : c'est forcément pour cela que l'on nous a mis ce Maric dans les pattes. Pour que nous ne trouvions pas le vrai. À cette heure, je crains que nous n'ayons peu de chances de le retrouver vivant. J'ai mis des hommes sur cette piste. Je vous rappelle dès que j'ai du nouveau.

Gerbier s'éloigna vers une chambre.

— Et Berthet, qu'est-ce qu'on en fait ?

— Vous le gardez. C'est un témoin. Il nous relie à Maric. Il nous sauvera peut-être. Prenez soin de lui et de vous.

34

Toulouse, place Arnaud-Bernard
22 mars, 21 h 15

Dès qu'il apprit l'assassinat de son oncle, Predrag Topalovic quitta son appartement de l'avenue des États-Unis pour s'installer dans un studio de la place Arnaud-Bernard. Il avait en sa possession les documents que son oncle Marko Topalovic lui avait confiés au cas où il lui arriverait malheur. Des preuves accablantes établissant l'existence de trafics d'armes entre la Croatie et des puissances étrangères, dont l'Allemagne et la France, via l'implication de responsables de la DST. Il y avait dans ces registres et ces cassettes vidéo de quoi faire tomber bien des têtes, à Paris, à Zagreb et ailleurs.

Le choix du quartier Arnaud-Bernard n'avait pas obéi au hasard. Predrag y comptait un ami, Aziz, rencontré dans un club de boxe des Minimes. Quand il ne s'entraînait pas, Aziz chapeautait une bande de petits dealers essentiellement implantés place Arnaud-Bernard, l'un des lieux prisés par les consommateurs pour se ravitailler en haschich. Surtout,

Aziz travaillait pour Hakim Khaoui, un Franco-Algérien d'une trentaine d'années, véritable parrain du quartier. De fait, le site était « sécurisé ». Aucune intrusion « étrangère » n'y passait inaperçue. De jour comme de nuit, des ados servaient de guetteurs, mais aussi des habitants du quartier. La moindre apparition d'uniformes de police suffisait à lancer l'alerte. Même les agents de la BAC étaient aussitôt identifiés et les individus n'ayant pas le profil type de l'acheteur de barrettes se retrouvaient sous surveillance étroite. Depuis Zagreb, les parents de Predrag lui avaient confirmé qu'il était menacé. Ils tenaient l'information de sources officielles n'appréciant guère que l'on tue des compatriotes, en particulier dans cette période où des ennemis plus essentiels se dressaient contre la nation.

Aziz avait obtenu d'Hakim Khaoui le prêt d'un studio pour mettre à l'abri son ami. Le parrain possédait dans le quartier quelques appartements servant à stocker et conditionner la marchandise ou encore à héberger certains employés durant leurs pauses ou leurs temps de récupération. Khaoui ne pouvait refuser ce service à l'un de ses meilleurs surveillants.

« Tu ne crains rien, ici. Les gamins, les cousines, les darons, les daronnes, les chibanis, tout le monde nous tient au courant de ce qui se passe. Si un Gaulois zarbi se pointe, on le sait dans la minute », avait assuré Aziz à son ami.

Au bout de deux jours, Predrag s'était familiarisé avec son nouveau quartier. Il eut vite ses habitudes pour boire un café, une bière, manger un couscous ou du poulet grillé. La présence d'Aziz à ses côtés avait valeur de passeport autant que de garantie de pouvoir se déplacer sans crainte. Sa famille lui donna les coordonnées d'un autre membre de la petite diaspora d'ex-Yougoslavie implantée à Toulouse. Ironie : il s'agissait d'un Serbe originaire de Bosnie, qui avait fui les siens afin de ne pas être incorporé de force dans l'armée.

Ancien journaliste, Srdjan Materic pourrait mettre Predrag en contact avec un avocat et des médias nationaux français. Révéler tout ou en partie ce qu'il savait du trafic opéré par son oncle assassiné leur paraissait sa meilleure chance de survie. Predrag avait rendez-vous avec Materic, ce 22 mars à 21 h 30 à L'Autan, un bar musical prisé par les amateurs de rock et de hard, tout près de la place Arnaud-Bernard. Les deux hommes n'auraient aucun mal à se reconnaître dans cet endroit où se pressaient buveurs de bière, bikers, jeunes et moins jeunes adeptes de musiques bruyantes.

Alors que Predrag traversait la place, une Honda 350, postée boulevard d'Arcole, à une centaine de mètres avant l'entrée de L'Autan, démarra. En arrivant à son niveau, le passager de la moto brandit un pistolet muni d'un silencieux, lui tira trois fois dans le dos, descendit de la moto et l'acheva de deux autres balles avant de remonter sur le deux-roues, qui démarra en trombe en direction du boulevard Lascrosses. L'arrivée d'une ambulance et de plusieurs véhicules de la police nationale mit le quartier en ébullition. Deux heures plus tard, une descente de police eut lieu place Arnaud-Bernard. Hakim Khaoui, attablé à la terrasse d'un café, fut embarqué au commissariat central. Là, on le rassura. On n'avait rien contre lui. Un homme se présentant comme un officier de la Brigade des stups, mais qui ressemblait plus au conseiller clientèle d'une banque, lui confirma que son quartier était plutôt bien tenu. Pour preuve de sa bonne foi, il l'informa de la livraison prévue le lendemain soir de cent kilos de haschich à une bande rivale des Izards. Il lui donna le numéro de plaque du véhicule transportant la drogue et son point de départ : un garage de l'avenue des États-Unis. En échange, l'officier des Stups exigeait tous les documents détenus par un certain Topalovic, qu'il avait hébergé dans l'un de ses appartements d'Arnaud-Bernard.

— Tu vas aller les chercher immédiatement et les remettre ce soir à minuit et demi à ce monsieur, là, qui t'attendra au Cactus.

Khaoui dévisagea le « monsieur » en question : un gorille roux à poil ras avec une allure de militaire, ou de tueur, au choix.

— On est d'accord ? On ne te demande pas grand-chose, non ? Sinon, ce sera la guerre entre nous, et ni toi ni moi ne voulons ça. N'est-ce pas ? continua le flic.

Khaoui hocha la tête en guise d'approbation.

— Tu peux y aller. Surtout tu n'oublies rien chez ton locataire et tu n'arrives pas en retard au rencard.

Hakim Khaoui se présenta au Cactus à minuit vingt. La terrasse de ce bar, que l'on disait fréquenté par des policiers, était largement occupée malgré l'heure avancée. Le rouquin aperçu au commissariat se leva en abandonnant un demi encore entier sur la table. D'un signe du menton, il indiqua à Khaoui de revenir sur ses pas vers la place Arnaud-Bernard. Il le rejoignit au bout de quelques minutes, empoigna le sac de sport que Khaoui tenait dans la main droite sans en vérifier le contenu et s'éclipsa tel un fantôme.

Stéphane Deligny avait rempli sa mission. À moins de deux kilomètres de là, Gerbier, Maulin et Berthet se morfondaient dans leur appartement des Minimes, chacun faisant la somme des échecs et des deuils qui avaient émaillé ces derniers jours. Le téléphone satellitaire de Gerbier demeurait silencieux. Maréchaux devait remuer ciel et terre pour sauver ce qui pouvait encore l'être.

Le lendemain matin, *La Dépêche* fit sa une sur l'assassinat d'un jeune homme originaire d'ex-Yougoslavie abattu de cinq balles entre la place Arnaud-Bernard et l'avenue Honoré-Serres. Ce qui s'apparentait à coup sûr à un contrat effectué par des professionnels trouvait son origine, « d'après des sources proches de l'enquête », dans un règlement de comptes lié au trafic de drogue. Un marché, toujours selon les mêmes sources, que visaient depuis plusieurs mois des gangs mafieux issus des Balkans.

35

Toulouse, avenue des Minimes
22 mars, 19 h 40

Maulin était ressorti, cette fois pour acheter les inévitables pizzas. Gerbier, lui, n'avait pas faim et s'était servi une troisième vodka dont il se promit qu'elle serait la dernière.

— Où est le corps de mon parrain ? demanda Frédéric. Il faut avertir son ex-femme et s'occuper de ses obsèques.

— Il n'y a pas de corps. Enfin, on ne sait pas où est son corps. Il a été récupéré, avec d'ailleurs les dépouilles des quatre assaillants qu'il a tués, par ceux qui ont organisé l'attaque. La maison a été détruite par une explosion de gaz, mais aucune trace humaine n'a été retrouvée parmi les gravats. Je suis désolé. Je crains que sa dépouille ne refasse jamais surface. On s'occupera de prévenir son épouse, enfin son ancienne épouse…

— C'est quoi, ce monde dans lequel vous vivez ? Vous tuez des gens innocents, vous faites disparaître des corps, vous vous massacrez entre vous… Mais dans quel monde vivez-vous ? répéta Frédéric, dont le chagrin était mêlé de dégoût.

— Vous vivez dans le même monde, mais vous ne le savez pas, ou vous ne voulez pas le savoir. Hélas, vous venez de le découvrir. Je compatis pour votre parrain. Il ne méritait pas ça, mais lui connaissait ce monde. Et ne soyez pas injuste envers Maréchaux et moi. Dans cette histoire, nous sommes les bons, pas les salauds.

— Et moi, qu'est-ce que je deviens, maintenant ? Je m'installe dans cet appartement avec vous et votre ami ?

— J'ai reçu l'ordre de vous protéger. On recherche le véritable neveu de Marko Topalovic, s'il n'a pas déjà été éliminé.

Maulin revint avec deux pizzas XXL.

— Une fois que vous aurez dîné, on s'installe dans l'autre appartement, au premier. Arnaud, tu restes ici. Pas besoin de te dire que tu gardes ton arme à portée de main, précisa Gerbier.

— Je n'ai pas faim, dit Berthet d'une voix blanche.

— Comme vous voulez. Dans ce cas, on y va.

Une fois dans l'appartement du premier, Gerbier indiqua à Berthet la chambre qu'il occuperait sans préciser qu'il s'agissait de celle où Lavergne avait dormi. À quoi bon ? On dort et on vit toujours là où vivaient des gens aujourd'hui disparus. Aucun des deux ne trouva le sommeil. La soirée et la nuit égrenaient lentement leurs secondes, leurs minutes, leurs heures. La circulation sur l'avenue et des bruits de pots d'échappement maintenaient Gerbier en éveil. Une immense fatigue l'étreignait. La fatigue de vivre, ou de survivre. Malgré sa candeur, le professeur n'avait pas tort. Dans quel monde vivait-il ? Dans quel monde vivions-nous ?

La France n'était pas l'ex-Yougoslavie, où d'anciens voisins, parfois d'anciens amis, des jeunes, des vieux, des intellectuels, des brutes se hachaient menu avec une passion dont même des grands fauves n'auraient pas fait preuve. La violence, parfois la sauvagerie et la cruauté dans lesquelles Gerbier et les siens nageaient parfois n'avaient rien à voir avec la fureur des nihilistes et des fanatiques. Il reconnaissait même à ses ennemis du moment – des hommes qui comme lui avaient fait le serment de défendre la patrie et l'État – cette différence de nature. À tort ou à raison, car chacun avait ses raisons, ils se battaient afin que la maison France tienne bon et ne s'écroule pas. Fallait-il pour cela livrer illégalement des armes aux Croates, aux Serbes ou aux Bosniaques ? Au fond, peu importait. L'erreur d'analyse et d'interprétation, les dommages collatéraux que celle-ci entraînait inévitablement n'étaient pas le plus important. Un Maric ou un Deligny, qu'il tenait pour de parfaits salopards, méritaient son respect. C'étaient « nos » salopards. Eux aussi obéissaient aux ordres. Qui était-il pour les condamner ?

Peu avant 7 heures, son téléphone tira Gerbier d'une semi-léthargie. C'était Maréchaux.

— Predrag Topalovic, le neveu de Marko Topalovic, a été abattu hier soir à Toulouse en pleine rue, non loin de là où vous êtes, d'ailleurs, si j'ai bien compris. J'ai appris la nouvelle à 2 heures, mais cela ne nécessitait pas de vous réveiller.

— Je ne dormais pas, de toute façon, répondit Gerbier, qui s'était assis sur le lit et se massait le front de la main droite.

— Bon, cette fois, c'est fini. Nous avons joué, nous avons perdu. Au coup de fil que j'ai reçu de Lefebvre il y a trente minutes, j'ai compris que ses sbires avaient mis la main sur les preuves que détenaient les Topalovic, si tant est que ces preuves aient bien existé. Je l'espère, maintenant, de sorte que tout ce sang versé ne l'ait pas été totalement sans raison. Vous pouvez rentrer à Paris, votre mission est terminée. Je me suis assuré que vous n'ayez rien à craindre administrativement. Le ministère de l'Intérieur couvre intégralement vos faits et gestes, dont j'assume la responsabilité.

— Merci, Gilles.

— Vous n'avez pas à me remercier, c'est normal. Je vous ai attiré dans ce guêpier, vous n'avez pas à en payer un prix quelconque. Pour ma part, au pire, je serai mis à la retraite dans six mois ou un an.

— Et pour Berthet ? Que fait-on ?

— Rien. Il est libre. Il peut faire ce qu'il veut, désormais. Sauf parler de ce qu'il a vu et de ce qu'il a appris. Je vous charge de le lui expliquer clairement.

— Il ne craint rien ? Vraiment ?

— Ce n'est plus de notre ressort, mon cher Jérôme. La réponse appartient aux vainqueurs. Nous, nous sommes les vaincus. Nous quittons la scène et les laissons décider.

— Vous savez où est Maric ?

— Non, je n'ai rien pu apprendre de ce côté-là.

— Il travaille pour qui ?

— Pour Lefebvre, c'est sûr. Ensuite, réellement, je miserais sur les Américains. Les Croates, seuls, n'auraient pas pu former un tel agent et l'envoyer sur le terrain en si peu de temps.

— Ce salaud va s'en tirer ?

— Je le crains, en effet. À moins qu'un loup ou qu'un ours ne l'ait attaqué dans les Pyrénées, nous n'avons plus les moyens d'agir contre lui.

Gerbier renifla, souffla, se massa à nouveau le crâne. Maréchaux devina son état d'esprit.

— Allons, un gaillard comme vous n'offre guère de prise à la mélancolie. Vous n'avez rien à vous reprocher. Si quelqu'un s'est planté, c'est bien moi.

— Donc, ça finit comme ça ?

— Hélas, oui. Cela finit comme ça.

Gerbier s'apprêtait à raccrocher quand il entendit distinctement, dans l'appareil distant de son oreille d'une cinquantaine de centimètres :

— Pour l'instant…

36

Toulouse, avenue des Minimes
23 mars, 8 h 10

— Bonjour, Frédéric, il faut qu'on parle. Quand vous aurez pris votre douche, je vous emmène boire un café à l'extérieur, annonça Gerbier en voyant Berthet sortir de sa chambre.

— OK, je fais vite.

Les deux hommes firent quelques pas et Gerbier repéra le bar où il était allé l'autre matin.

— Tenez, chez celui-ci l'express n'est pas mauvais.

Une fois les doubles express servis, Gerbier commença :

— Hier soir, le vrai neveu de Marko Topalovic a été abattu, ici à Toulouse. Ma mission est terminée. Je rentre à Paris et vous pouvez, si je puis dire, retourner à vos occupations. Nos chemins s'arrêtent là.

— Et ceux qui ont tué mon parrain, mon ami Christophe, le neveu de Topalovic, ils s'en sortent ?

— N'oubliez pas nos deux agents. Oui, ils s'en sortent. J'en suis le premier désolé. J'aurais aimé abattre moi-même quelques-uns de ces salauds, au premier rang desquels Maric, mais c'est fini.

Berthet eut un haut-le-cœur.

— C'est vraiment dégueulasse, chuchota-t-il.

— Vous avez raison.

— Et moi, je deviens quoi ? Hier soir, j'étais une cible à protéger et ce matin je n'ai plus rien à craindre ?

— Je le pense, en effet. À moins de vous épancher dans la presse ou auprès d'avocats. Vous n'avez plus de valeur à leurs yeux ni aucun potentiel de nuisance. Les documents que vous déteniez étaient bidon, vous le savez maintenant. Tout le monde va lever le camp. Ils vont bien sûr vous surveiller un moment afin d'être certains que vous ne racontiez pas n'importe quoi à n'importe qui. C'est pour cela que je vous demande de faire profil bas. De toute façon, personne ne vous croirait, personne ne vous protégera et cela ne reviendrait qu'à faire de vous une cible.

— Vous pensez vraiment qu'ils vont me ficher la paix après toutes les saloperies qu'ils ont commises ? Vous me prenez pour un débile ?

— J'en suis sûr à 90 %. Il y a toujours une part d'inconnu, mais je ne crois pas que vous les inquiétiez vraiment. Faites profil bas et tout ira bien.

— Finalement, vous êtes comme eux. Un vrai salopard.

— Peut-être. En partie. Vous avez raison : la vie est injuste. Le monde est injuste. Cela fait des milliers d'années, et ni vous ni moi ne changerons les règles. J'espère qu'à votre âge et avec votre niveau d'études vous le savez, rétorqua Gerbier avec une froide ironie qu'il regretta aussitôt. Écoutez, j'aurais aimé une autre issue, mon supérieur aussi, ainsi que ceux qui étaient dans notre camp. Nous avons perdu. C'est tout, conclut-il.

— Vous et les vôtres, vous ne perdez jamais vraiment, répondit Frédéric en regardant sa tasse vide, qui lui parut dérisoire, comme son existence, presque semblable à celle d'un moucheron que l'on écraserait s'il essayait de voler un peu trop loin. Si on me descend demain, ou après-demain, j'espère que vous aurez un petit remords, un peu de regret. Que je reviendrai parfois hanter votre sommeil.

— On ne vous fera rien, croyez-moi, répondit Gerbier.

Il n'en était pas si sûr. Un 75 % de chances de s'en sortir indemne lui paraissait plus réaliste que le 90 % qu'il avait avancé, plein d'aplomb, pour le rassurer, mais il ne servirait à rien de l'affoler davantage.

Ils revinrent à l'appartement. Berthet sortit de son sac les documents de Maric et les posa sur le lit de la chambre.

— Je vous dis adieu, alors, lança-t-il à Gerbier en se dirigeant vers la porte.

Celui-ci présenta sa main que le professeur serra par réflexe en s'en voulant aussitôt.

— Vous avez été courageux, Frédéric.

L'autre ne répondit pas et ferma la porte sans la claquer.

À midi, Gerbier et Maulin prirent un taxi pour l'aéroport. Gerbier regardait défiler des paysages urbains qui ne lui évoquaient rien sinon une rocade semblable à toutes les rocades du monde. Il sentait monter en lui la tristesse des vaincus. Il préférait paradoxalement cet étrange sentiment mêlé de lassitude et de sérénité à la fierté des victoires trop faciles. Une phrase lue, il y avait très longtemps, dans un livre sur la guerre civile espagnole, lui revint à l'esprit : « Nous avons perdu la guerre, mais nous avions les plus belles chansons… » Il ne pouvait en dire autant, mais trouva là une sorte de réconfort.

37

Toulouse, rue Saint-Rome
23 mars, 9 h 30

Frédéric se rendit à pied chez Selim. Il n'avait pas envie de revenir à son appartement, moins pour le désordre glauque qui y régnait que parce qu'il avait besoin de parler. Selim était la seule personne à laquelle il pouvait confier les derniers événements et demander conseil.

Frédéric exposa sa situation : on le laissait désormais livré à lui-même. Selon Gerbier, à moins qu'il ne décide de rendre publique l'affaire Topalovic, il n'avait rien à craindre.

— Ils disent sans doute vrai. Je vais contacter à la DGSE celui en qui Roland avait confiance. En attendant, tu restes quelques jours ici. Je t'accompagnerai si tu as besoin d'aller à ton appartement.

Delandre confirma à Selim qu'a priori Frédéric Berthet n'était plus en danger.

— Je crois que les autres ont obtenu ce qu'ils voulaient. Cela ne servirait à rien de s'en prendre à lui.

— Vous en êtes sûr ?

— Dans ce domaine les certitudes n'existent pas. Je m'appuie sur un faisceau de faits et de raisonnements logiques.

— Je vous fais confiance, dit Selim avant de raccrocher.

Les jours filèrent. Frédéric dormait, buvait de l'arak, regardait la télévision sans la voir ni l'entendre, flânait au jardin des plantes en compagnie de son ange gardien. Un après-midi, ils virent une canette accompagnée de sept ou huit canetons déambuler tranquillement sur un trottoir avant qu'un vieux monsieur ne se charge de la guider en douceur vers le jardin, où des plans d'eau accueillaient les animaux. Des larmes montèrent aux yeux de Frédéric devant ce spectacle inattendu. Une mère et ses petits. La banalité de la vie et l'extrême fragilité de celle-ci. L'innocence et le bruit du monde. Il se sentit bête d'être aussi ému face à cette scène. La férocité et la cruauté de ce qu'il venait de traverser l'avaient laissé pantois, désarmé, perdu. Le soir, Selim lui racontait des épisodes de sa vie passée au Liban, où, entre les tragédies, le rire et le cocasse s'invitaient parfois. Philosophait, parfois :

« Tu sais, la vie continue toujours. Elle reprend ses droits. On boite, on vacille, on tombe, mais on se relève. Excuse-moi, ce n'est pas de la grande philosophie mais c'est vrai. On n'oublie pas les morts, ils nous accompagnent. »

Frédéric avait souri, c'était la première fois depuis longtemps. Grâce à un médecin que connaissait Selim, il avait prolongé son arrêt maladie. Le sixième jour, il appela Clémence.

Selim l'autorisa à aller dîner le soir avec elle dans un restaurant des Carmes. Dans l'après-midi, il accompagna Frédéric à son appartement et l'aida à remettre de l'ordre.

Le soir venu, à La Belle Équipe, restaurant bruyant et chaleureux dont le cadre semblait tout droit surgi de la France des années cinquante ou soixante, il décida de tirer un trait sur Topalovic et le reste. Quand Clémence lui demanda comment s'était finie l'étrange histoire dont il lui avait parlé, il répondit que son étudiant était un mythomane qui cherchait avant tout à se rendre intéressant. Il fut très crédible et ils passèrent à autre chose. Inévitablement, des souvenirs communs s'invitèrent dans leur conversation.

Leurs vacances à Palamos, sur la Costa Brava, où une tempête de vent un après-midi souleva le sable de leur plage et les obligea à regagner leur hôtel dans des fous rires. Les séances au cinéma Rex le dimanche après-midi. La grand-mère de Clémence, décédée depuis, dont les expressions en patois faisaient leur bonheur. Les dimanches matin au marché aux puces de Saint-Sernin, à la recherche d'improbables trésors. Le concert de la dernière tournée de Police au Palais des Sports en 1984. Les croque-monsieur dévorés la nuit, place Belfort, dans la boulangerie qui servait de refuge aux jeunes noctambules. Ceux de l'épicerie fine Germain, rue de Rémusat, à des heures plus ordinaires. Tous ces souvenirs anodins et irremplaçables qui disaient une part de leurs jeunes existences et de leur ancienne vie commune. Tout ce bonheur dont ils ignoraient avoir gardé le souvenir.

À la fin du plat, des rognons de veau pour lui, une sole pour elle, elle posa sa main droite sur sa main gauche avec un sourire d'autrefois.

— C'était bien, dit-elle.

Il se tut. Son silence confirmait le jugement. Frédéric commanda une seconde bouteille de vin. Ils la burent en trinquant souvent. Ce n'était pas le moment de faire des projets ou des promesses, mais il avait la certitude désormais qu'ils allaient se retrouver, demain, après-demain ou un autre jour. Après minuit, Frédéric accompagna Clémence à la station de taxis de la place des Carmes. Ils attendirent un bon quart d'heure et elle l'embrassa sur la bouche avant de s'engouffrer dans le véhicule.

Les semaines passèrent. Frédéric avait repris ses cours à la fac avec appréhension en imaginant dans des cauchemars la présence de Maric parmi ses étudiants. Évidemment, celui-ci n'était plus là. Deux ou trois fois par semaine, il dormait chez Clémence. Le week-end, elle venait chez lui. Le printemps était là, ils firent des projets pour l'été. Une semaine à Séville ? Il risquait de faire trop chaud. Pourquoi pas la Costa Brava, sur les traces de leur propre passé ? Ils n'avaient pas tranché. En général, le dimanche soir, ils allaient à la brasserie des Beaux-Arts et Frédéric, qui commençait ses cours à 8 h 30 le lendemain, rentrait dormir seul chez lui. Le dimanche 30 mai ne dérogea pas à la règle. En rentrant, il emprunta la rue Saint-Rome et passa devant chez Selim, à qui il n'avait pas donné de nouvelles depuis au moins trois semaines. Il se promit de l'appeler dans les prochains jours.

Il y avait encore du monde sur les terrasses des cafés des arcades de la place du Capitole. Place Jeanne-d'Arc, un clochard dormait à même le sol devant le siège social du Crédit agricole. Frédéric traversa pour rejoindre la rue Raymond-IV. À trente mètres de son appartement, un individu coiffé d'une casquette surgit sur sa droite pour lui demander du feu puis lui donna un coup de couteau au niveau du foie avant de l'attirer entre deux voitures, de le plaquer sur le dos et de lui asséner un autre coup dans la gorge.

— Je suis désolé, Frédéric, chuchota Zlatko Maric.

38

Alicante, quartier de l'Albufereta
23 juillet, 15 heures

Le segment de plage devant l'immeuble Rocamar de ce quartier d'Alicante, comme la plupart des autres d'ailleurs, se vidait à cette heure-là. À partir de 14 heures, les autochtones et les nombreux touristes étrangers, qui n'avaient pas été longs à adopter les horaires locaux, délaissaient le sable et la mer pour se ruer dans les restaurants ou à leurs domiciles afin de déjeuner. Les retours massifs s'effectuaient à partir de 16 heures ou 16 h 30. Paul Roland, qui avait loué pour deux semaines un appartement dans l'immeuble voisin, Las Brisas, aimait ce moment-là. Certes, le soleil tapait fort, mais la plage était délestée des familles et de leurs bruyants enfants. Il pouvait aussi se baigner et faire des longueurs jusqu'aux lointaines bouées sans se soucier de voisins aquatiques. Depuis une semaine, il avait adopté ce rituel. Vers 13 heures, il déjeunait sur la terrasse du restaurant du club nautique ou parfois sur l'une de celles des innombrables établissements du quartier familial et populaire privilégié des Français, où se retrouvaient vacanciers et retraités à l'année.

Paul Roland ne s'était cependant pas lié à d'autres compatriotes comme cette famille très nombreuse et multigénérationnelle du Rocamar à laquelle on ne pouvait échapper sur la plage. Ils occupaient tout le troisième étage de l'immeuble. À leurs balcons, l'étalage des serviettes de bain, maillots et autres rythmait le cours de leur journée. Au deuxième étage, un homme seul occupait un appartement dont le balcon donnait sur le parking et l'entrée du lotissement. La trentaine, d'allure sportive, il descendait tôt sur la plage, autour de 9 heures, quand celle-ci était exclusivement dédiée à la promenade de quelques retraités accompagnés en général de leurs chiens, et faisait quelques brasses. Vers 15 heures, les protège-soleil de sa terrasse se baissaient. Apparemment, il était plutôt un adepte du déjeuner à la maison.

Paul Roland aimait observer le ballet des habitués et des nouveaux venus. Célibataire et lié durant ses vacances à aucune contingence particulière, le Français profitait de tout et de rien en gardant ses sens en éveil. Les bains, le soleil, les pauses bière ou déjeuner, le spectacle des bateaux voguant au large ou rentrant au port voisin : tout cela le détendait. Lui passait inaperçu. Avec son inamovible casquette et ses polos Ralph Lauren, ses lunettes de soleil et ses maillots de bain Vilebrequin, le célibataire – dont on n'aurait pu deviner en l'observant s'il avait trente ans ou quarante ans – ressemblait à un touriste ordinaire.

Les habitants du Rocamar avaient un accès direct à la plage via un portail en contrebas de l'immeuble que certains fermaient consciencieusement à clé quand d'autres, souvent les plus jeunes, se contentaient de le rabattre. Par curiosité, Roland avait poussé ce portail à plusieurs reprises pour visiter les abords de l'immeuble. Sur le devant, il présentait un grand parking à ciel ouvert où vagabondaient des chats errants nourris par certains habitants.

Une porte, elle aussi laissée souvent ouverte, permettait d'accéder depuis la plage aux parties communes de l'immeuble. D'où, après quelques marches, on accédait à deux ascenseurs. Ce vendredi de juillet, son indéfectible sac de plage en tissu en bandoulière, Paul Roland s'aventura dans les escaliers du Rocamar. Il ne croisa personne jusqu'au deuxième étage. Là, il sortit de son sac un passe qui ouvrit sans bruit la serrure de la porte située sur la droite, celle de l'appartement avec vue côté terre. Dans la minute suivante, il en extirpa un Beretta 22 mm muni d'un silencieux. Sa paire de tennis en toile, dont il avait soigneusement frotté les semelles sur le tapis en bas de l'immeuble, ne fit aucun bruit sur le carrelage. Par la cuisine, dont une porte-fenêtre donnait sur la terrasse, il aperçut le locataire des lieux attablé devant ce qui semblait être une salade de tomates. Il se faufila sur la terrasse en pointant l'arme vers l'homme. De sa main gauche, Jérôme Gerbier prit soin d'ôter sa casquette et ses lunettes de soleil. Il voulait que Zlatko Maric le reconnaisse avant qu'il le tue.

39

Alicante, quartier de l'Albufereta
23 juillet, 16 heures

Quinze jours après l'assassinat de Frédéric Berthet, que la police et la presse locale avaient imputé à une tragique agression nocturne puisque le portefeuille et la montre de la victime avaient disparu, Gilles Maréchaux avait informé Jérôme Gerbier des faits et de l'identité probable du coupable : Zlatko Maric. Il était maintenant avéré que celui-ci était un agent de la CIA ayant collaboré avec la part la plus véreuse des services français au profit de la Croatie. Après ses actions dans l'Hexagone, il avait été envoyé en Espagne, à Barcelone puis Alicante, pour superviser depuis les ports espagnols d'autres livraisons clandestines d'armes pour Zagreb.

« Si vous le souhaitez, j'ai des informations plus précises sur la situation actuelle de Maric », avait glissé Maréchaux.

Gerbier avait attendu une semaine avant de recontacter Maréchaux. Ils s'étaient retrouvés dans une brasserie de l'Odéon.

— Je suis désolé pour Berthet. Il ne méritait pas ça, dit Maréchaux en glissant une grande enveloppe vers Gerbier.

— Je lui avais dit qu'il ne risquait rien. J'y croyais, dit Gerbier en tirant sur sa cigarette.

— Moi aussi.

— Je vais buter ce salaud.

Gerbier avait réussi à poser des congés au cœur de l'été et préparé son excursion espagnole. Les informations de Maréchaux étaient valides et il avait vite repéré sa cible. Une petite semaine avait été suffisante pour organiser l'opération sans risque majeur.

Une fois Maric abattu de quatre balles, Gerbier eut envie de se baigner. Comme à l'aller, il ne croisa personne dans les escaliers. En revanche, la grille donnant accès à la plage ayant été fermée à clé, il sortit par le portail du parking et gagna la plage par la voie goudronnée voisine du club nautique.

Il atteignit les bouées en nageant le plus vite possible. Essoufflé, il s'agrippa à l'une d'elles, puis revint vers le sable à un rythme de sénateur en sentant le soleil brûler son dos. Personne n'avait touché à son sac posé sur la serviette. La plage devant le Rocamar était sûre et à cette heure-ci il n'y avait encore pas grand monde. Il laissa le vent et le soleil le sécher puis se dirigea vers son appartement de l'immeuble Las Brisas. La location avait été payée d'avance. Demain, il n'avait plus qu'à rendre les clés à l'agence. Une douche plus tard, il ouvrit une canette de San Miguel et s'installa sur sa petite terrasse. De là, il pouvait apercevoir celle où gisait Maric.

Tout en buvant sa bière à petites lampées, il songea à Frédéric Berthet, à cette vie sacrifiée pour rien. Ce n'était pas la première fois, ce ne serait pas la dernière, il le savait. Cependant, dans ce chaos, dans ce monde où le sens commun semblait avoir disparu, où personne n'était innocent et où la justice n'existait pas, il eut le furtif sentiment d'avoir accompli son devoir.

40

Toulouse, quartier du Mirail
23 août, 15 heures

Une chaleur poisseuse engluait la ville et sur la petite esplanade, non loin de l'université, l'ombre était un bien précieux. À l'intérieur des nombreuses tours et immeubles de ce quartier majoritairement occupé par des populations immigrées ou issues de l'immigration, on suffoquait souvent plus qu'à l'extérieur malgré la température dépassant les trente-trois degrés. Des gosses traînaient, jouaient. D'autres, un peu plus âgés, vendaient du shit à de rares clients. L'année universitaire n'avait pas repris, les étrangers au quartier, à l'exception d'étudiants visitant des studios, étaient aux abonnés absents.

Benoît retrouva Youssef sur la terrasse ombragée de la cafétéria. Les habitués de l'endroit ne l'appelaient pas par son nom, Le Zoom. Ils disaient « chez le Turc », en l'occurrence Melvut. Youssef, qui sirotait un thé, fit un signe de la main à son copain. Signe superflu car la terrasse était presque vide, et Youssef, habillé d'une djellabah, ne passait pas inaperçu. Les deux garçons se saluèrent selon les formules d'usage. Bien qu'il se soit converti sept mois plus tôt, Benoît n'avait pas encore adopté la djellabah. À vrai dire, et il n'osait le confier à personne, il trouvait ce vêtement un peu ridicule. Au printemps dernier, Benoît avait abandonné la fac et n'avait donc pas passé les partiels de sa licence de lettres modernes. En cas de réussite, il ne se voyait pas enchaîner par une maîtrise. Sur quel sujet, d'ailleurs ? Il aimait bien certains cours, comme ceux de Frédéric Berthet par exemple, mais la littérature ne le mènerait pas bien loin. Il préférait lire le Coran même s'il ne comprenait pas tout. Heureusement, des prédicateurs du quartier expliquaient aux jeunes le message divin.

C'est à la mosquée que Benoît avait rencontré Youssef, vingt-deux ans, son aîné d'une année. Enfin, c'est Youssef qui avait abordé le jeune homme frêle et blond qui n'avait pas le naturel d'autres disciples. Ils allèrent boire un café et ne se quittèrent plus. Youssef avait « zoné », « glandouillé », « fait des conneries » avant de rencontrer Dieu. Maintenant, il était pieux et voulait servir Allah, se mettre au service de la communauté des croyants. Depuis plusieurs mois, Youssef parlait beaucoup de la Bosnie. Benoît ne connaissait pas ce pays, qui faisait partie de la Yougoslavie avant la guerre. La cause des Bosniaques exaltait Youssef. Il voulait aller se battre là-bas, faire le djihad, comme il disait. En cet après-midi d'août, il martelait son obsession.

— On va partir là-bas, aider nos frères qui se font massacrer : des hommes, des femmes, des enfants, parce qu'ils sont musulmans.

— Je sais, tu m'as déjà expliqué, répondit Benoît.

— Il y a un imam à trente kilomètres de Toulouse, un grand savant qui sait tout du Coran. Il s'appelle Olivier, mais il est né en Syrie. On l'appelle « le Cheikh ». Il ne fait pas que parler de la religion, il connaît des gens qui peuvent aider les volontaires à aller en Bosnie. Ahmed, de La Faourette, tu te souviens, le grand ? Il y est déjà, il paraît. Je vais aller voir le Cheikh ce week-end. Il a une grande ferme dans la campagne et il accueille les fidèles qui veulent servir Allah, les jeunes comme nous, et il les conseille. Chez lui, il y a aussi des combattants qui passent. Des Algériens, des gens d'autres pays, même des types qui se sont battus contre les Russes, je crois… Ça te dit de venir avec moi ?

— *Yes*, pourquoi pas. On verra bien, lâcha Benoît.

Évidemment, Youssef ne pouvait deviner qu'au même moment, à huit cents kilomètres de là, au siège de la DST, son nom apparaissait dans le rapport que lisait Gilles Maréchaux. Malgré la désastreuse affaire Topalovic, il avait conservé son poste. Certains aspects des conflits en ex-Yougoslavie et leurs possibles répercussions sur le territoire français occupaient encore une part de son activité. Particulièrement des réseaux de volontaires décidés à mener le djihad en Bosnie. Des cellules embryonnaires ne concernant que quelques personnes, dans le nord de la France, dans la banlieue parisienne, dans le Sud-Ouest, mais dont les actions pouvaient croiser celles du banditisme classique ou de terroristes voulant frapper la France. Quant à la Bosnie, elle voyait arriver des Européens, mais surtout des Algériens, des Afghans, des Pakistanais, des Saoudiens, des Jordaniens, des Iraniens, des Turcs, des Tchétchènes, des Yéménites… Tous venus mener le djihad. Un vrai cocktail de fous de Dieu.

Youssef arriva à Zenica, en Bosnie, à l'automne 1993, finalement sans Benoît. Après une rapide formation militaire, il combattit contre les Serbes dans des unités et brigades regroupant les volontaires étrangers. Les chefs politiques et militaires bosniaques se servaient notamment de ces féroces soldats pour effrayer leurs adversaires. On filmait leurs défilés pendant lesquels ils scandaient « Allah Akbar ». Youssef fut reconnu sur une autre vidéo où il maltraitait dans une forêt un prisonnier serbe apeuré qu'il abattrait un peu plus tard d'une balle dans la tête. Il avait aussi décapité des prisonniers et parfois les volontaires étrangers improvisaient des parties de foot avec les têtes de leurs victimes. Youssef sauta sur une mine en mars 1994, non loin de Travnik. Il était enfin ce qu'il avait rêvé d'être : un martyr. Avant cela, il avait rencontré des hommes envoyés en Bosnie par Oussama Ben Laden, dont la présence sur place devint, bien des années plus tard, un sujet d'interrogation.

Quoi qu'il en soit, sur ce grand échiquier, Topalovic, Maric, Berthet, Maréchaux, Gerbier, Youssef et tous les autres avaient pris leur part, chacun à son niveau, souvent infime, dans l'ouverture des hostilités. Celle que d'aucuns datèrent du 11 septembre 2001, mais qui avait commencé ailleurs et bien avant.

Composition et mise en pages
Nord Compo à Villeneuve-d'Ascq

MIXTE
Papier issu de sources responsables
FSC® C003309

L'éditeur de cet ouvrage s'engage dans une démarche de certification FSC® qui contribue à la préservation des forêts pour les générations futures.

Pour en savoir plus :
www.editis.com/engagement-rse/

CET OUVRAGE
A ÉTÉ ACHEVÉ D'IMPRIMER
SUR ROTO-PAGE
PAR L'IMPRIMERIE FLOCH
À MAYENNE EN FÉVRIER 2022

N° d'impression : 99984
Imprimé en France